朱成玉 著
ZHU CHENGYU ZHU

WEI YIDUOHUA PISHANG JIASHA
为一朵花披上袈裟

山西出版传媒集团
山西人民出版社

图书在版编目（CIP）数据

为一朵花披上袈裟／朱成玉著．—太原：山西人民出版社，2017.4
（全国中考热点作家美文典藏书系）
ISBN 978-7-203-09895-9

Ⅰ.①为… Ⅱ.①朱… Ⅲ.①散文集—中国—当代
Ⅳ.①I267

中国版本图书馆CIP数据核字（2017）第063408号

为一朵花披上袈裟

著　　者：	朱成玉
责任编辑：	郝文霞
复　　审：	贺　权
终　　审：	员荣亮
装帧设计：	张慧兵
出 版 者：	山西出版传媒集团·山西人民出版社
地　　址：	太原市建设南路21号
邮　　编：	030012
发行营销：	0351-4922220　4955996　4956039　4922127（传真）
天猫官网：	http://sxrmcbs.tmall.com　电话：0351-4922159
E－mail：	sxskcb@163.com　发行部
	sxskcb@126.com　总编室
	jfjb-lx2007@163.com　主编
网　　址：	www.sxskcb.com
经 销 者：	山西出版传媒集团·山西人民出版社
承 印 厂：	山西出版传媒集团·山西人民印刷有限责任公司
开　　本：	890mm×1240mm　1/32
印　　张：	9
字　　数：	200千字
印　　数：	1—5000册
版　　次：	2017年4月　第1版
印　　次：	2017年4月　第1次印刷
书　　号：	ISBN 978-7-203-09895-9
定　　价：	39.80元

如有印装质量问题请与本社联系调换

目 录

第一辑 别踩疼了雪

5号病房里的天使　003
1.45米的佐罗　006
哀伤的特快专递　010
爱的缝补　013
爱的投资　015
爱上一盏灯　018
落叶是疲倦的蝴蝶　021
善良的种子　024
最美的一封信　027
奔跑的花香　030
别踩疼了雪　033

036　别向我的月亮开火

039　不要那么早吵醒太阳

042　尘世中的情感琥珀

046　闻一闻父亲的味道

第二辑　第20根蜡烛，叫疼痛

053　丁香花儿，别睡觉

056　从故乡出发的雪

058　春天的魔法师

061　第20根蜡烛，叫疼痛

064　第156张票根

067　冬天的儿子，春天的心

071　镀着阳光的金项链

074　风筝的心

077　缝补心灵的一根丝线

080　父亲的格言

083　感谢上帝，没有给老虎插上翅膀

087　总统在忙，请您稍后再拨

090　公平的阳光

第三辑　见到美，请行个礼

和生命拉钩　　095
花香满径，芬芳满心　　099
唤醒朵儿的心　　102
季夫老师的精神钙片　　106
见到美，请行个礼　　109
捆绑苦难　　112
满世界荡漾的琴声　　115
旅行的母爱　　118
蔓延的花香　　120
每朵雪花都有一颗尘心　　123
母亲的风景　　126
每个人的世界都不大　　130
梦是夜的花朵　　134
陌生的康乃馨　　137
母亲的病友名单　　141
惊心动魄的玫瑰　　145

第四辑　亲爱的向日葵

151　亲爱的向日葵

155　岳母的洋葱

158　步步登高的花

163　陪上帝喝酒，和天使下棋

166　蒲公英也很快乐

170　请给我5分钟

172　月亮是妈妈的枕头

175　穷人的补丁

179　穷人的茉莉花

181　善良很小，却是一盏灯

184　上帝有个神奇的模子

187　我不想拆掉你的翅膀

第五辑　天使穿了我的衣裳

193　为我的灵魂打补丁的人

196　童年的药箱

天使穿了我的衣裳　199

疼痛的小提琴　203

十捆柴火　207

失眠的海　211

雪花，我要带你回家　214

穷人的屋檐，高过天堂　218

善良做芯，爱心当罩　221

蚊子喜欢溜墙根　225

霞光是太阳开出的花　228

约瑟夫的花园　231

时光不旧，只是落满尘灰　235

第六辑　我唯一的翅膀在你那里

为一朵花披上袈裟　241

狱中的向日葵　244

我唯一的翅膀在你那里　247

向我挥手的那只蚂蚁　252

一块煤的热量　255

一粒飞翔的扣子　258

261　一支钢笔的幸福
265　依　靠
269　优人一等的心
272　那一团瑟瑟发抖的暖
276　蓝是月亮追求的优雅

第一辑　别踩疼了雪

孩子的心灵是最纯洁的一片雪地,在他们心灵上经过的时候,一定要小心、小心,不要弄脏了孩子的世界,不要踩疼了他们的梦想。

5号病房里的天使

罗琳是澳大利亚唐人街上一家医院的年轻护士,性格开朗活泼,她热爱自己的职业,喜欢别人叫她"白衣天使"。她的脸上时时刻刻都洋溢着温暖的表情,因此,她去过的每一个病房,便都有了春天的气息。

"嗨,你今天还好吗?"她会装作若无其事地和重症患者打招呼,病人就笑了,虚弱的脸上慢慢浮现出阳光的颜色。她会从家里抱来一大堆好看的彩色故事书,给那些生病的孩子们看。童话看多了,孩子们就时不时地管她叫"天使阿姨",每一次她都欢快地应着。有时,她干脆坐下来,忙里偷闲地和那些生病的女人们唠唠家常,恨不得连做饭的技巧都互相交流下。她心软,感受到患者的疼痛和哀伤,就会在心底偷偷地流泪,所以她尽量用自己无微不至的关爱,减轻他们的疼痛。

罗琳清清楚楚地记得自己第一天上班的样子，紧张得要命。给患者输液的时候，总是找不到血管，急得她的眼泪在眼眶里直打转。有些善良的患者就会安慰她："别着急，慢慢来。"她的心立刻就被感动塞得满满的，她发誓，一定要好好回报这些可爱的患者。

圣诞节到了，罗琳从家门口出来，心情愉悦地去上班。大街小巷弥散着浓浓的温情，尤其是各个商店的门口，服务人员穿着圣诞老人的服装，拎着袋子，为路人派发着各种小礼物。而此刻，罗琳的手里同样也拎着一个袋子。那里面是她早已为她的患者们准备好的一些小礼物，都是些形态各异的充满喜气的小工艺品，还有形形色色的糖果！

她把这些小礼物一一送给了她的患者们，患者们回报给她深情的拥抱和亲吻。其实她不知道，她的微笑就是送给患者们的最好的礼物。

她有一个特殊的礼物，要送给一个特殊的病人。想到这里，罗琳便有些心事重重起来，因为5号病房里，有一处阳光照不到的角落。那里有一个小男孩，是个孤儿，在路上晕倒的时候被好心人送到了医院，他得的是白血病。

入院七天之后，医院决定放弃治疗。现在，医生们正准备去拔除男孩身上输液用的插管。

"明天，明天再拔行吗？"在院长办公室里，罗琳带着哭腔央求道，"今天是圣诞节，让孩子快快乐乐地过完这个节日吧。"

"医院不是慈善机构"，这是温柔的罗琳碰到的冷冰冰的墙壁，她的脸上不禁淌下了泪水。

她不敢面对那个孤苦无依的孩子，一直挨到傍晚的时候，她才心情沉重地来到5号病房,来到那个瘦小的患者身边。

"阿姨,他们拔掉了我身上的管子,是我的病好了吗?"男孩气若游丝,轻轻地问她。

"是的,圣诞快乐!"罗琳带来了她的礼物,一只可爱的小布熊。

"小熊真可爱!谢谢阿姨。"男孩高兴地说,转而又无限忧伤起来,"可是,圣诞老人恐怕没有给我带来什么好消息吧?"

"不,"罗琳说道,"今天他太忙啦,还没来得及看你。你知道,圣诞老人愿意满足所有人的心愿。可是他自己忙不过来,他需要找一些帮手,所以他的身边总是围着很多长着翅膀的小天使。每年的圣诞节,他都要到人间来选一些又可爱又能干的孩子做他的天使,帮他到人间做好事。"

"我会被选中吗?"男孩瞪大了眼睛,充满期待地问。"一定会,因为你是最棒的。"罗琳强忍着泪水,微笑着对男孩说,"所以你要早点睡,养足精神,等着去做天使,跟圣诞老人去派发礼物。"

窗外,夕阳满天。最后一束阳光抖擞着身子,从窗帘的缝隙间拼命地挤进来,照着男孩的脸和他怀里的小布熊。

男孩和罗琳道了声"晚安",然后就睡下了,再没有醒过来,嘴角一直留存着甜甜的微笑。只有罗琳一个人知道,那微笑是用一个谎言编织出来的,那微笑里藏着一个关于天使的虚无缥缈的梦。

而那个谎言,是关于夭亡的最美丽的解释。

1.45米的佐罗

男孩崇拜佐罗,喜欢看一切和佐罗有关的电影和画报,买佐罗的面具,像佐罗一样击剑,他想长大以后能像佐罗一样行侠仗义,抱打不平。男孩总嘲笑他那个矮得有些离谱,还略微有些跛脚,像得了侏儒症的父亲。从上幼儿园开始,他就不喜欢父亲送他上学,总是让妈妈送。偶尔父亲送他上学,也是刚到了校门口便远远地躲开。有时候被眼尖的同学看见,问他那个矮子是谁,他就有些脸红,支吾着说是他家的远房亲戚。

连邻居家的狗也是欺人的,见到别人不咬,偏偏见到他的父亲便格外叫得凶,仿佛要把他撕碎似的。每次,父亲都会很狼狈地躲着那条狗。父亲的懦弱让男孩对他更加瞧不起了。

男孩渐渐长成天不怕地不怕的愣小子,刚进中学就开始打架斗殴,替班级里的女生出头,和那些来学校闹事的社会上的小混混们打架，经常是鼻青脸肿地回来，女生们却欢呼雀跃。他是女生心目中的英雄。

父亲的奇特长相，被一个来他们这里拍电影的人相中了，说要请他去当群众演员，并给予一定的报酬。父亲喜出望外，他正为孩子的学费发愁呢，没想到天上掉了个大馅饼。

父亲在这部戏里只有一个镜头：从五层楼高的地方跳下去。这是个很危险的动作，虽然下面铺了厚厚的海绵垫子，但对于一向恐高的父亲来说，这不啻为一次极限挑战。

父亲试了好几次都不敢跳，导演急了，开口骂了起来。父亲闭上眼睛，一咬牙，一个跟头跳了下去，像个球一样落到地面上。好半天，还不敢睁开眼睛，在那里一个劲儿地瑟瑟发抖，引得周围的人一阵哄笑。男孩再也忍受不了他的懦弱，他想不明白，妈妈为什么会嫁给他呢？

终于，男孩在和父亲的一次争吵后，他大声地质问母亲，怎么找了这样一个窝囊男人？没想到，母亲竟然含泪说出了事情的原委。原来，他是一个遗腹子。他的亲生父亲在他出生之前就得了重病撒手人寰，怀孕的母亲落了难，生活一下子没了着落。是他，这个在他看来矮人一头的家伙常常暗地里接济母亲。时间久了，母亲遂对他生出了感激之情，就这样搬到一起住了。他像拣了元宝一样乐不可支，每天幸福地憨笑着，对她和孩子疼爱有加，拼了命地挣钱养家，一直到现在。

男孩的心受到了震动，躲进自己的房间里放声大哭起来。他不知道，自己为什么哭。这有点儿不像他，因为从小到大，他就是个宁肯流血也不流泪的孩子。

虽然掉了眼泪，却不能阻挡男孩对佐罗的崇拜。有一天傍晚，男孩在放学回家的路上，听到一个女人在喊救命。他顺着喊声跑了过去，他等来了生命中让他热血澎湃的时刻：一个女人遇到了劫匪，而那个劫匪手里还拿着一把刀。他下意识地从路边拿起一根棍子，挡住劫匪的去路，让劫匪交出女人的皮包。劫匪打量着他，看他不过是个乳臭未干的孩子，不禁怒不可遏地吼道："滚开，不然老子捅了你。"他的心里第一次感到惧怕，但他不能眼睁睁地看着劫匪从自己的眼皮底下溜之大吉，那样他的一生都会留下阴影，因为他是行侠仗义的"佐罗"！他咬了咬牙，战战兢兢地不肯让路。劫匪急了，拿着刀子冲了过来。让他想不到的事情发生了。只见一个黑影闪电般地冲了过来，把劫匪撞翻在地。劫匪还没有反应过来是怎么回事，刀子已经被夺了下来，并架到了他的脖子上。呆愣在那里的男孩忽然听到那人喊：儿子，快过来帮忙。并让那个女人马上报警。这时他才看清，这个英勇无比的人，竟然是他的父亲。原来，父亲看他回家晚了，有些担心，就顺着这条路来迎他，没想到来得及时，不然后果不堪设想。

警察有些不敢相信地看了看男孩的父亲，想不明白眼前这个1.45米的人是怎么制服一个彪形大汉的。父亲说，不管那么多了，我怕他拿着刀子伤到我的孩子，所以就拼了命。

劫匪被警察带走了，男孩的父亲却一屁股坐到地上，早已吓出了一身冷汗。他冲着儿子打着胜利的手势，憨憨地笑着。男孩看到父亲嘴角流出很多血，他扑了过去，跪在那里帮他擦干。他第一次那么心疼他，也是第一次感受到父亲的勇敢。

"他表现得太神勇了！"男孩在心底默默地想，"即使佐罗看了也会望尘莫及、甘拜下风吧。"

男孩不知道，当孩子遇到危险的时候，每个做父亲的都会挺身而出。因为爱，每个父亲都会是佐罗。

男孩从此不再打架斗殴了，因为他知道，那并不是真正的勇敢。真正的勇敢里，蕴藏着深深的爱。就像父亲，那一颗卑微的心里，却深藏着宽阔的海洋。

他开始敬仰和爱戴他的父亲，这个只有1.45米的佐罗。

哀伤的特快专递

再一次看了迟子建的小说《世界上所有的夜晚》，她说："我想把脸涂上厚厚的泥巴，不让人看到我的哀伤。"但我还是看到了，不仅仅是她的，还有我自己的，和这个世界的。那些哀伤像恣意流淌的水，不走沟渠，不分东南西北，翻山越岭，径直涌向你的屋檐；那些哀伤像命运的某种神秘的特快专递，不问你的姓名和住址，准确无误地交到你的手上。而且，你清清楚楚地知道，它带来的不是好消息，是让你四面楚歌的战栗、恐慌和静默无声。

母亲突发脑溢血，住进医院。父亲在床前一遍遍呼唤着：老伴儿，你醒醒啊！醒来我们就一起去西藏、去西双版纳，你不是一直梦想着去那里吗？母亲张着茫然无神的眼睛，没有知觉，没有反应。在深秋的寒凉里，父亲不停地叹息。

父母刚结婚时，母亲的梦想是去西双版纳度蜜月，但因为生活拮据,无法实现这个梦想。为了弥补心中那份歉疚,父亲对母亲许诺说:"有一天,我会陪你到西双版纳把蜜月补回来!"只是,这一等就是一生。我们终于长大,各自有了家庭。他们也有足够的钱可以实现当年的梦想,可是母亲却蓦然间陷入灰暗的世界里,无梦无欲。只留下父亲守在床边,对着母亲不断地重复说:"老伴儿,你要赶快醒来,我们还要去西双版纳看蝴蝶、去西藏看雪山啊……"

对于父亲来说,这哀伤来得过于迅疾,不是平信和挂号信的速度,而是特快专递,让他猝不及防。

人世间,有太多猝不及防的哀伤。坍塌、中毒、爆炸、绝症……一场场让生命戛然而止的毫无征兆的劫难,晴空霹雳般粉碎曾经的幸福。活着的人捧着那散落一地的幸福的碎片,再也无法拼凑完整。

叶子落地,带着成熟的喜悦,然而作为母亲的枝干,她失去了她的孩子,树是哀伤的,树的哀伤只有风知道。从报纸上得知,因为气候反常,今年很多树木的落叶不会是金黄色,而是在绿色的时候,就会随风飘落。看到这则新闻,突然有种心疼的感觉。为什么不给它足够的时间去和它的母体别离,而是采取猝然离去的方式呢?

有谁想过,树和落叶的心也会疼的。

对于哀伤,尘世中的人无法不与之邂逅。当你和生命中一切美好的事物猝不及防地相遇、相爱,便注定了要猝不及防地别离。没有人能够抵挡这哀伤的风暴。很多时候,在你还没有意识到失去的时候,生活已经把你剥离得鲜血淋漓,终生不得愈合。

诗人大卫曾经用"县、市、省"作为孤独的计量单位,他写

道:

> 我承认我是孤独的
> 在偌大的北京城
> 我这个异乡人的孤独
> 不是一个县的孤独
> 也不是一个市的孤独
> 夜幕降临的时候
> 在这套不足五十平方米的出租屋里
> 到处弥漫着的
> 至少是一个省的孤独

我想借用他的方式,用湖泊、河流和大海作为哀伤的计量单位,表达这无常的命运对人世间那些无助之人造成的伤害:

> 人世间的哀伤
> 迅雷不及掩耳
> 一个人,瞬间失去了最亲近的人
> 那哀伤不是一座湖的哀伤
> 也不是一条河的哀伤
> 至少是一片大海的哀伤

爱的缝补

母亲刚下岗的时候,在街边摆上缝纫机,帮过往的人缝缝补补,赚些零用钱。

"你需要缝补吗?"这是母亲经常对别人说的话。

后来父亲包了几个工程,生活渐渐好转起来,不需要母亲再到街边风吹日晒了,可是母亲闲不下来,她还是把那个缝纫机搬到了街边,义务替那些不小心将衣服划破或是掉了扣子的人缝缝补补。她说在家里待着闷得慌,这样心里能敞亮些。

有一天,一个大学生模样的女孩专程来向母亲道谢,可母亲早已忘记了自己帮助过她什么。"您忘了吗?那次我裙子的拉链坏了,是您帮我缝好的。"母亲一拍脑门,继而是一阵爽朗的大笑。女孩说她那天要去参加一个招聘会,路过母亲身边的时候,被"眼贼"的母亲发现她裙子的拉链坏了。母亲喊住她,帮她缝补好。

"多亏了您,不然就要出丑了。"女孩说母亲的善良让她增添了很多信心和勇气,招聘会上,她一路过关斩将,最后应聘成功,现在已经去那个让她心仪已久的大公司上班了。

"你是说,这里面还有俺的功劳喽!"母亲张大嘴巴,不敢相信自己无形当中帮了女孩的忙。

嗯。女孩使劲儿地点头。

母亲说,每个人都难免有个小麻烦什么的,帮帮他们,自己心里也舒服。看到别人因为自己的举手之劳而露出的笑容,母亲心里美滋滋的,脸上报以更灿烂的笑,像大大的向日葵。

母亲这小小的善举感动了许多人,在她的带动下,社区里出现了很多义工,有义务理发的,有义务测血压的,有义务送报纸的……还组建了义务清洁队和义务治安团。都是一些退休的老人,他们自发组织起来的,维护小区的卫生和安全。

狄更生说:如果我能弥补一颗破碎的心灵,我便不是徒然活着。如果我能减轻一个生命的痛苦,抚慰一个创伤,或者令一只离巢小鸟回到巢里,我便不是徒然活着。

每个人的生命中,都有一些这样或那样残缺的记忆需要缝补:支离破碎的情感,战火纷飞的家园,苍凉的废墟……这个世界,到处都有伤痛的缝隙和缺口,或许正是因为有了这些缝隙和缺口,才有了女娲的舍身补天。

"你需要缝补吗?"母亲每天依然在重复她的话,持续着她小小的善举,滋润着那些日渐干枯的心灵。母亲不是女娲,女娲补的是天,母亲缝补的不过是别人衣服上的一些漏洞。但在我的眼里,母亲和女娲一样伟大,因为母亲缝补着人们灵魂里的漏洞,使它们完整,渐渐生出爱的光泽来。

爱的投资

邻居王大爷有两个孩子，大的是女儿，小的是儿子。那是他的两个"宝贝疙瘩"，是他活着的全部动力。为了两个孩子，他起早贪黑、没日没夜地工作。他在一个家具厂上班，挣计件工资，恨不得一个人干两人的活儿，工友们都叫他"拼命三郎"。看着他一刻不停挥汗如雨地劳作，工友们开起了玩笑："老王，这么拼命干吗？难不成还想再养个小老婆啊？"他憨憨地笑着："孩子大了，哪儿都需要钱啊。"

他的脑海里只有一个念头，多挣点儿钱，给孩子们铺设一个好前程。

女儿学习很好。高中毕业之前，考试成绩从来都是名列前茅。高考的时候，女儿很争气，考上了一所好大学。偏偏这个时候，王大爷的老伴儿生了一场大病，躺在病床上，每天都要花很多的钱。

医院就像一个巨大的吸尘器一样，把他好不容易攒下的那点儿积蓄吸了个精光。

女儿马上就要开学了，学费是昂贵的。很多人劝他，一个女孩，没必要学那么多东西，早早找个好人家嫁了算了。他却不那么认为，在那个年代，能培养出一个大学生不容易。他向亲戚朋友们借了钱，终于凑够了女儿的学费，亲自把女儿送到了学校。

儿子和女儿截然相反，始终不愿意学习，每天只是去学校里混日子。女儿大学毕业的时候，儿子才刚刚念高中。好心人又劝他，供出一个大学生就行了，没必要再供儿子上大学了。再说，那孩子学习本来就不好，与其让他在学校白白浪费时间，还不如直接出来学门手艺，早点儿工作，也好分担一下你的辛劳。他不听，他说对待孩子要公平，供这个上了大学，那个也要供。

别人把闲钱拿出来炒股、做买卖、置房产、放贷……他却把所有的钱都用到了儿女身上。这也算一种投资吧，毕竟孩子们将来找到了好工作，他的生活也会跟着好起来。想到这儿，他本来已经疲倦至极的身体忽然又焕发了活力，他要再加一个班。

不出所料，儿子高考落榜了。他通过关系，花了很多钱，让儿子自费念了大学。结果，大学还没毕业，那浑小子就不断地给他闯祸，有一次差点儿把同学打成残疾。他替儿子赔了很大一笔医药费，儿子仍然被学校开除了。为了儿子，他又欠了一屁股债。

他没有后悔，他只是想给自己的孩子一个公平的机会。

女儿大学毕业后，由于成绩优异，留校任教了。紧接着有人给介绍了对象，便很快成了家。虽然这期间也给家里寄过一些钱，但并不是很多，对于已经被淘得空空荡荡的王大爷家，无异于杯水车薪。即便这样,女儿结婚的时候,王大爷还是从牙缝里挤出了5000块钱,作为嫁妆给女儿邮寄了过去。邻居们打趣道:"姑娘白养了吧,你省吃俭用供她上大学,一天没沾上光,成别人家的了。"他依旧憨憨地笑:"孩子的将来是他们自己的,他们过得好,比什么都强啊。"

一转眼很多年过去了,他退休了,儿子也成了大龄青年,四处给人家打零工。这个时候他刚刚把所有的债务还清。如果他不坚持供儿子上大学,就可以衣食无忧,领着他的退休金,舒服地过日子。可是现在,他又重新开始了打工生活,因为他又有了新的目标,他要给儿子攒钱娶媳妇。快六十岁的人了,背着一捆简单的行李卷儿,跟着一帮年轻人住进了工地。

如果把他对子女的付出都算作"投资"的话,那么事实证明,他的"投资"是失败的。但这个世界上,就是有一些固执的人,倾其所有,成全他们的孩子,哪怕剩下最后一根肋骨,也要当成柴火,为他们的宝贝驱散一丝寒冷。

有一种投资,是不图回报的,那就是父母的爱。

爱上一盏灯

小时候,因为常常停电,家里最常用的是那种类似于奖杯形状的煤油灯。灯身是用玻璃做的,圆鼓鼓的肚子里装着黄色的煤油,一根粗粗的捻子从油里伸到灯口,上面的火苗摇曳,像个醉酒的妇人,东摇西晃,憨态可掬。一家人围在四周吃饭、做家务、写作业,四周的墙上映出我们庞大的身影。时间长了,屋顶上被熏成一片黑色。就是这煤油灯,母亲也不让我们多用,晚上我和哥哥姐姐们在一起不敢有半点儿怠慢,抓紧时间写作业,不然不等你写完,母亲就会熄灭油灯,命令大家钻进被窝睡觉。

在我的记忆里,母亲勤俭得要命。一辈子精打细算,硬是从牙缝里挤出了我和哥哥姐姐的学费,家境那么贫寒,她却从没想过让我们辍学。

后来,父亲利用在工厂的便利,自己做了一种叫嘎斯灯的铁家伙，每当夜幕降临，拿几块像干硬了的石灰一样的东西放进去，再加点儿水盖上，从上边细细的管里就能冒出气来燃烧。蓝色的火焰发出咝咝的声响，亮光也咄咄逼人，带着那么一点儿侠气和霸道，把黑暗瞬间赶跑。父亲告诉我们嘎斯就是电石，它被水浸泡所冒出的气就是乙炔气体。由于有了嘎斯灯，我更喜欢在它的光芒下捧书夜读，伴随着它的咝咝声度过了一个又一个充实的夜晚。每逢有邻居来串门，大家便围在灯的周围唠唠家常，憧憬一下未来"楼上楼下，电灯电话"的美好生活。每当这时，我总是在旁边认真地听着，好像在不久的将来父母和老一辈们说的那些愿望就能实现，所以那时候的梦也总是香甜的。我们伴着那蓝色的火苗，或读书写字，或温习功课，而母亲就靠近油灯做些针线活儿，情景甚是温馨。

再后来，就基本上不停电了。但母亲每晚照例那个时间熄灯，因为她心疼每月的电费，不会让我们多浪费一度电。

哥哥姐姐都没考上大学，我成了家里唯一的希望。临近高考，每天都会很晚回来。从学校到家有将近5里的路，我要骑自行车回家。那时候没有路灯，一路上黑魆魆的，马路两边都是田野，有时候感觉有点儿害怕。其中有一段路坑坑洼洼，极不好走。

那天，我照例一个人骑着车子回家。因为天气阴沉，没有月色没有星光，四周一片黑暗。路过那段最不好走的路时，我小心翼翼地骑着，生怕掉进水沟里。这时我的后面驶来了一辆车，马上要超过我的时候，却忽然放慢了速度。它一直跟在我的后面，雪亮的车灯照出一片光明，在光明中我迅速穿过了不好走的路段，然后那辆车从我身旁驶过，急驰而去。借着灯光看，好像是一辆绿色的军车，心想车里一定坐着可敬可爱的解放军叔叔，我不自觉地向着远去的军车行了个像模像样的军礼。

总算到家了,令我感到惊讶的是,在我家大门的门楣上,竟然装了一盏灯。屋里的家人都已酣睡,这盏灯却在这里热切盼望着我的归来。后来知道,那是母亲让父亲专门为我装的,她说就为了让孩子回家的时候心里亮堂。对于一向"抠门"的母亲来说,这亮了大半夜的灯会让她心疼吧,但是她更心疼她的儿子。

从那以后,只要我回来得晚,那盏灯都会为我亮着;只要远远地看见那盏灯,我就像长了翅膀一样,奔着那光亮不停地飞奔。我知道,那光亮里,满满的,都是父亲母亲的爱。

我终于没有辜负父母的期望,考上了大学。毕业后很快参加了工作。人生一路走来,遇到了各种各样的灯,豪华的吊灯、雅致的壁灯、朦胧的台灯、暧昧的霓虹灯、清醒的红绿灯……还有一些另外的灯,比如得意的时候,朋友一个善意的提醒;比如失意的时候,朋友一句贴心的安慰;比如高峰上吹过的一丝冷风,比如泥潭中拉我的一双手。这些灯,有的令我警醒,有的给我温暖。

其实人生处处都是灯,比如邻居抢先扫了你门口的雪,比如同事默默为你沏的一杯茶;比如虔诚之人的跪拜,比如朝圣者的匍匐;比如你给陌生人的拥抱,比如陌生人回报给你的微笑;比如一首歌悄悄地流转,比如一朵花暗暗地绽放……我爱上了那些灯,而我自己,也在慢慢地成为一盏灯,尽管光芒有些微弱,但却执拗地亮着。

人活着,就该是亮着的吧!

落叶是疲倦的蝴蝶

夕阳老去，西风渐紧。

叶落了，秋就乘着落叶来了。秋来了，人就随着秋瘦了，随着秋愁了。

但金黄的落叶没有哀愁，它懂得如何在秋风中安慰自己，它知道，自己的沉睡是为了新的醒来。

落叶有落叶的好处，可以不再陷入爱情的纠葛了；落叶有落叶的美，它是疲倦了的蝴蝶。

我甚至感觉到落下来的叶子们轻轻的叫喊。

那一刻，我的心微微一颤，仿佛众多纷纷下落的叶子中的一枚。

我看到了故乡，看到了老家门前那棵生生不息的老树，看到了炊烟因为游子的归来而晃动。对于远走他乡的双脚，对于飞上天空的翅膀，炊烟是永远扯不断的绳子。就像路口的大树，它的枝干指向许多条路，而起点只有一个，终点也只有一个，每个离开村庄的人，都带走了一片绿叶，却留下一条根。

我看到了故乡的山崖。看到石头在山崖上，和花朵一起争着绽放；看到羊在山崖上，和云一起争着飘荡。

我看到了我的屋檐。冬天时结满冰凌，夏天时絮满鸟鸣，一串红辣椒常常被看作是穷日子里的火种；守着屋檐上下翻飞的麻雀，总是那么和谐地与庄户人家好好地过着日子。

时时刻刻缠绕在游子心上的，就是这个屋檐。

我看到了母亲。为了不让我们在冬天里挨冻，她拾起一节节枯树的枝丫，把那些破碎的日子一一点缀。然后，把温暖交到我们手上。

母亲的柴垛越码越高，母亲却越来越矮。

我看到母亲那双干瘪的乳房，像两只残缺不全的讨饭的碗，却为我们讨来了一生的盛宴。

叶落归根，是我老了吗？我们花了很多时间去积累财富，却很少有时间享受；我们的房子越来越大，住在家里的时间却越来越少；到月球去然后回来，却发现到楼下邻居家都很困难；征服了外面的世界，对自己的内心世界却一无所知。

远行的人，是什么声音使你隐姓埋名，是什么风将你吹往他乡；秋天就是这样，把叶子纷纷抖落，把人的思念纷纷挂上枝头。

是该回去了，去看看那棵绿了又黄、黄了又绿的大树，还有在落叶里沉睡着的母亲。

母亲，我匆匆的脚步就是您密密缝合的针脚。

母亲，背着破烂行李的我要归来，找到了天堂的我也要归来。

一层层落叶铺在回家的路上,我要踩着温暖的地毯去看望母亲,母亲也像这落叶,从灿烂的枝头缓缓地落下来。只是,她没有再醒来。

这个世界,能留住人的不是房屋,能带走人的不是道路。岁月无法伸出一只手,替你抓住过往的云。如果一切还能重新拾捡回来,母亲,我要去拾取你的笑容、脚步和风,用你的爱做灯油,用你的善良做捻儿,我要点燃它,放到心里,一辈子不忘回家的路。

天冷了,树上的叶子落下来,树离我很近,我似乎听见了它们在缓缓凝固。

天冷了,它们一排一排站着,心中坚守着的秘密一阵阵地疼痛起来,但叶子落下来,掩盖了一切。

母亲去了,心灵没有了依靠,一下子就有了那种到处漏风的感觉,可是大风一直在刮,把故乡周围的尘土刮了个干净。我小小的故乡正在被秋天所包裹。

母亲的坟上有一棵树,那是我写给母亲的诗。每到秋天,叶子们就纷纷落下,把母亲的坟头遮盖得严严实实。那些在风中微微呻吟着的落叶,远远望去,像一群疲倦了的蝴蝶,静静地收拢着它们一生的美丽瞬间:一朵红晕,一个誓言,或者是简单的一声叹息。

善良的种子

父亲常说，只要人帮人，世界上就没有穷人。

父亲不舍得花钱，是村里有名的"抠王"，可是对那些需要帮助的人，他从不含糊。哪怕他自己不吃不喝，也要尽量去帮助。记得有一次，他把自己的路费给了一个被小偷洗劫一空的老人，自己步行40里路回家。不知情的乡邻以为父亲又是为了节约路费，"抠王"的名号在村里愈发叫得响亮了。

父亲没想到，有一天自己也成了小偷光顾的对象。那一次正是春播时节，父亲和几个乡邻去城里买种子。买完种子后，父亲的兜里还剩下100多块钱，他没花，连午饭都没舍得吃，就和几个乡邻急匆匆地坐上了返乡的客车。大概是买票的时候，被人瞄上了他兜里的那张100元的票子，再翻口袋的时候，那张100元的票子就不翼而飞了。在那个年代，100块钱不是个小数目，可以买很多东西呢。父亲急得满头大汗，在翻遍所有的口袋，确定钱丢了之后，父亲感到眼前一黑，差点儿晕过去。车上人很多，父亲看着满车厢的人，感觉每一个都像是偷钱的人。

父亲正在心里痛骂自己粗心大意的时候，听到了车下一个女人声嘶力竭地尖叫：我的种子丢了，你们谁看到我的种子了？那可是我家里一年的种子啊……

丢了种子的女人在那里不停地抽泣。她说她把种子放在角落，自己去解了个手，就这一小会儿工夫，种子咋就没影儿了呢？她说她家死了男人，里里外外全靠她一个人支撑着，她命苦啊！她呼天抢地，车里人纷纷对这个丢了种子的人表示同情，纷纷谴责那个偷种子的缺德的人，他断了穷人家的活路。

不管咋的，先上车再说吧。父亲劝她，忘了自己也是个遭遇了窃贼的人。

父亲问同来的乡邻要了个空袋子，放到那个女人手里。他解开自己的袋子，一捧一捧地往那个素昧平生的人的空袋子里装种子，一边捧一边说，你少种点儿，我也少种点儿，日子总能挺过去。与父亲同来的乡邻，看到父亲的所作所为，纷纷打开自己的袋子，往空袋子里捧种子，不一会儿，那个空袋子就鼓了起来，仿佛吃饱饭的人，振作了精神。那女人不知道说什么好，一个劲儿地要给父亲和乡邻磕头，父亲说，谁还没有个难处，互相帮一把，就挺过去了。

满车厢的人目睹了父亲的小小善举，他们不知道父亲的心灵刚刚经历创痛。父亲也自始至终没有向人说出自己的钱被偷了。

下车的时候，人潮拥挤。他感觉被人紧紧地贴了一下身子。父亲再一次翻口袋的时候，发现那张百元票子又回到了他的口袋里。就是他自己的那张，他认得，皱皱巴巴的，那上面还有他做的记号呢。

望着从车上下来的每个人，父亲看谁都不再像是小偷。

这个世界上，每一颗良心都是一粒善良的种子，或许你没有巨额的财富，做不了慈善家，但你可以去做一粒善良的种子，把爱孕育，让爱开花。这些种子会让世界阳光明媚，花团锦簇。

最美的一封信

那是个多年以前的故事了,可它至今仍深深地震撼着我:一名叫辛嘉·艾文林的挪威妇女为了拯救身患肝癌的女儿玛花,为她捐献自己的肝脏,竟从容开枪自杀。那瞬间划亮欧罗巴夜空的一声沉闷的枪响,足以震撼世界上许多善良的心灵和麻木的神经。

这几乎是一个众人皆知的故事了,重新提起旨在唤醒人们对一个伟大母亲的缅怀。故事的情节不在这里做过多的叙述了,我只是怀着崇敬的心情,猜想她临终前想对女儿说的话。她有太多的话要和女儿说,反而无从落笔,最后竟只留下一句话:"宝贝,诀别是为了你更好地成长……"我知道,一支笔根本无法承担那份母爱的重量,但我依然要顺着爱的轨迹,梳理出人世间最美的一封信——

宝贝,妈妈要和你变成一个人了。只能这样,否则我们谁也无法在这个世间存活下去。如果你不在了,妈妈的生命将毫无意义。

所以，妈妈要把健康的肝脏留给你，让你好好地活着，而妈妈的爱，永在。

宝贝，妈妈爱你。但妈妈只有这样才能救你，这是唯一的办法。妈妈既然让你诞生，就要让你健康地成长。我可以用眼泪浇灌你，可以用鲜血滋养你，也可以用我的生命再次将你诞生。所以，你不要为妈妈难过。不管怎样，妈妈还有一样活着的东西在你身体里，而且会一直跟随着你生老病死。

宝贝，妈妈在你的身体里，你不知道这样多好：可以在早晨叫醒你，免得你这个小懒虫总是喜欢赖在床上不起；可以提醒你吃早点，我早就知道，你有不愿意吃早点的坏习惯，总是偷偷地倒掉你的牛奶，偷偷地把面包塞进"芭比"狗的嘴里。"芭比"狗被你喂得臃肿不堪，难看死了，你该想办法让它减减肥了。

宝贝，你在课堂上学习，妈妈就在你的身体里为你加油；你在操场上奔跑、玩耍，妈妈就在你的身体里跟着你跑，跟着你疯。那样多好！你要坚信：你比别的孩子都幸福，别人的妈妈只有放学的时候才能来接他们，而你的妈妈是随身携带着的。

宝贝，妈妈会在每个夜里提醒你早点儿休息，妈妈会看着你睡觉，用我不息的搏动做你的催眠曲，做你的钟声。等你睡着了，妈妈就到你的梦里去。一切都没有改变，只是我们拥抱的方式不同于以往，妈妈再也吻不到你的头了。你不知道，你头发的味道有多好闻，淡淡的馨香像我们后花园里的那些草叶和花瓣。

宝贝，从今以后，妈妈就住进你的身体里了，那里就是妈妈的后花园。妈妈会帮你打扫里面的灰尘，帮你赶走折磨你的病菌，再也不让你生病。那该死的肝癌折磨了你那么久，妈妈也跟着你痛不欲生啊。

宝贝,妈妈并没有远离你,妈妈把所有的爱都融进那颗肝脏里,会因为你的存在而存在。我会时刻陪着你,直到永远。你要好好地活着,答应妈妈。

宝贝,妈妈短暂的离开,是为了以最好的方式靠近你。一会儿我们就会融合到一起了。阳光真耀眼啊!枪响了,但没有疼痛。世界一下子就黑了。

宝贝,等着我,妈妈来了,一会儿就是光明……

奔跑的花香

因为工作关系，我在单位附近临时租了一间房子。房子虽简陋，却不乏雅致，窗台上摆满了各种各样的鲜花。想必房东是个爱花之人，只是不知什么原因，房子空得太久，花也很久没人照顾了，一个个颓丧地耷拉着脑袋，对阳光不理不睬，对新来的主人不理不睬。我对花草无甚兴趣，就想把它们全都清除掉，妻子阻挠说："这里环境不好，养几盆花能让空气清新一些。"

妻是个喜花爱草的人，弄了些松软的肥土，把花们挨个地移植到新的环境中去，在她的精心侍弄下，奄奄一息的花们渐渐抖擞起精神来。

我对此颇为不屑，心想没必要替别人养着这些花。妻不同意这种看法，她说倒是应该感谢房东留下这些花，让她有了一份好心情。不管我如何冷言冷语，妻照常我行我素。每天睁开眼睛的第一件事就是去为花们洗脸、梳妆打扮，乐此不疲。

妻要出门几天，临走的时候特意叮嘱我一定要照看好那些花，而且每天晚上给我打电话时都要问上两句："给花浇水了吗？""有没有花开？"听得人两耳都生出了茧子。然而贤妻有令不得不从，只好挤出宝贵的时间来照看那些花。可是它们实在太娇弱了，有一盆叫不上名字的花又开始萎靡不振，耷拉着脑袋，对我不理不睬，对阳光不理不睬了。我怕妻怪罪，就偷偷地将它扔进了垃圾堆。

妻回来，看见她的花个个精神饱满，意气风发，便用甜言蜜语夸奖我。几秒钟后妻发现少了一盆花，便扯着嗓子喊道："那盆兰草哪儿去了？"

我想撒谎说送人了，可是妻的眼睛咄咄逼人。我像一个做了错事的孩子，不敢看她的眼睛。

妻在垃圾堆里找到了那盆花，令人惊讶的是，那盆花不但没死，而且开出了极灿烂的小花。妻小心翼翼地在垃圾堆里扒来扒去，万幸的是，它竟然完好无损地在我们面前绽放着笑脸。

"我以为……"我吞吞吐吐地说，"它活不成了。"

"有心栽花花不活，"妻忽发感慨，"人还有打蔫的时候，何况是花。它叫兰草，生命力顽强着呢。你看，就算在垃圾堆里，它一样能开出灿烂的花来！"

原来这就是兰草，我有些莫名地感动起来。我想到了妻。

妻是个环卫工人，每天早晨天还没亮就去扫那条又长又宽的大街。我曾想过托关系给她调换个工作，她不肯。"习惯了"，妻总说，"看着自己把大街扫得干干净净，这心也跟着干净、清爽了。"我拗不过她，只好作罢。现在想想，妻不就是那盆兰草吗？平凡而普通，却静静地散发着属于自己的芳香。

我有些喜欢那些花了。现在我知道了它们的名字，知道了它们的喜怒哀乐，仙人球、仙人剑喜旱，阳光充足之地便是它们的天堂。绣球、蝴蝶梅、刺玫和灯笼则习性平和，那些犄角旮旯就成了它们的"五星级宾馆"。我和妻根据它们的习性，精心呵护着它们。因为这些鲜花，我们的窗台充满了生机。蜜蜂们经不住花香的诱惑，流着口水成群结队地赶来，多情的蝴蝶也一双一对地翩然而至……

现在想想，养花还是有些好处的。在生活里种上几盆鲜花，阳光就会温暖而缠绵；在婚姻里种上几盆鲜花，爱情就会绚丽芬芳。这个城市的公园化建设正迅速地展开并且深入人心，在市中心，在公路两边，我们随处可以闻到花的芳香，随处可以目睹花的绽放，在忙忙碌碌的尘世，这未尝不是一种慰藉，一种止住灵魂疼痛的摩挲。

因为工作关系，我们又要搬家了。临走，细心的妻找来一块木板立在花前，在上面写下：请照看好这些花！

我想，以后不管是谁住进来，都该好好地呵护这些花。美是属于所有人的，也需要所有人来呵护。有时，一枝玫瑰会拯救一场爱情；有时，一束康乃馨会安慰母亲苍老的心。

似乎是为了感激我们这些日子对它们的厚爱，就在我们搬家的那天早晨，那盆月季开出了两朵花，白色的那朵像沉睡的雪，红色的那朵像燃烧的火，我轻轻地捧着，嗅来嗅去。被妻看见了，她取笑我说：你现在的样子简直像个花痴。

别踩疼了雪

我和女儿在焦急地等待着一场雪的降临。

雪,只在女儿的童话和梦境里飘过。我一直这样认为:没有触摸过雪花的女孩,永远做不了高贵的公主。我领她到雪的故乡来,就是要让她看看雪是怎样把人间装扮成宫殿,把人装扮成天使的。

带女儿来北方,就是为了让她看雪。因为我无法为她描述雪的样子,而她又是那么渴望见到它。

雪开始零星地飘起来,我和女儿激动得手舞足蹈起来!

它多美啊,轻盈、飘逸、纯洁,让人爱不释手,让人目不暇接。

女儿伸开手掌。但她马上发现,我们的手掌可以接住雪花,但雪花无法承受我们的爱意,在手掌心里只亭亭玉立了那么一会儿,转眼就消失得无影无踪了。

但女儿并没有收拢她的手掌,她依然执着地积攒着手中的白色花瓣。雪渐渐大了些，女儿小心翼翼地捧着她的雪花，她说要把它带回去，在妈妈的坟墓旁边堆一个大大的雪人。

女儿的话深深触动了我。原来，女儿一直嚷嚷着要来北方看雪，真正的目的还是为了她的妈妈。

我不忍提醒她，我们永远也无法将雪花运到南方去。我总是提醒自己：孩子的心灵是最纯洁的一片雪地，在他们心灵上经过的时候，一定要小心、小心，不要弄脏了孩子的世界，不要踩疼了他们的梦想。

女儿没有见过她的妈妈，在她出生的那一刻，她的妈妈便因为难产离开了我们。仿佛一切都有预感一样，在妻子的日记里，我看到了她写给自己未出生的孩子的信。她说：即使有一天她离开了人世，她的魂魄依然会萦绕在孩子的身边，春天她就是早上第一缕吻着孩子脸颊的阳光，夏天她就是那大树底下的阴凉，秋天她就会变成一朵朵云彩，冬天的时候她就会变成雪花……

每当女儿问我她的妈妈在哪里的时候，我就会对她说，你妈妈离开这个世界了，但她爱我们，春天的晨光，夏天的绿荫，秋天的云朵，冬天的雪花，这些都是你妈妈变的，她一刻都没有离开我们。女儿记住了我的话。在春天，总是太阳刚一露头就醒了，她说妈妈在唤她起床呢；在夏天，她总是习惯把书桌搬到那棵大树底下去做作业；在秋天，她总是趴在窗台上，托腮凝望天上的云。我知道，她那颗小小的心在用她自己的方式怀念着母亲。

可是冬天，她找不到与母亲的联系了。因为南方没有雪。

这就是她要来北方看雪的原因啊！

雪花在天空舞蹈！

天空阴暗得仿佛是大地，大地晶莹得仿佛是天空。

夜晚再黑，也压不过雪的白。

第二天清晨，女儿轻轻推开门，小心翼翼地踩出了一行小脚印。她对我说："爸爸，顺着我的脚印走，别踩疼了雪。"

那一刻，我看到全世界都是洁白的，包括人类的心灵。

别向我的月亮开火

兰德里和凯恩是不莱梅一个小镇上的两个"古惑仔",他们的人生信条是:享受今天,挥霍青春。能在今天享受的快乐,绝不会留到明天。

因为年轻气盛,酗酒、打架斗殴对于他们来说,是再平常不过的事情。为此,他们也付出了代价,除了身体上的伤疤之外,还经常受到惩罚,偶尔会在班房里过上一两个星期。但他们丝毫不以这样的经历为耻,恰恰相反,他们以此作为炫耀的资本,在浑浑噩噩的青春里恣意妄为。

渐渐地,他们在当地小有名气,各自有了一帮小喽啰。俨然成了两个黑社会小头目,兰德里在东部称雄,凯恩在西边称王。

终于有一天晚上,因为一些矛盾,他们两个相遇了。自然,谁也不肯让谁,这是一场针尖对麦芒的较量。

两个帮派的人，眼看着一场火拼即将发生。大街上很多人都被这阵势吓到了，纷纷躲开。只有一个老人，安然自得地坐在他们中间，抬眼望着天空，没有半点儿走开的意思。

"喂，老头儿，快点儿离开这儿，我们要打架了。"他们冲着老人大声地喊着。

老人似乎没有听到什么，继续望着天空，嘴里哼着一些不知名的曲调。

"再不走，连你一块儿打。"他们嚷嚷着，惨烈的争斗眼看着一触即发。

"别着急，孩子们。让我们来看看那个浑圆的月亮，难道你们不想啃上两口吗？"老人谐谑地把月亮比作了熟透的苹果，并意味深长地说，"它可不是每天都这么圆的。"

闹哄哄的两个帮派忽然安静了下来，接着，老人平静地一字一顿地说："你们玩你们的，别向我的月亮开火。"

他们一下子都愣住了，不知该如何是好。不约而同地，他们都抬头看了看月亮。那天的月亮的确很漂亮：皎洁，圆满，闪耀着夺目的光辉！令人心底的邪念不由得后退了几步。不知道为什么，兰德里一下子想到了自己的母亲，想到了她因为自己的无礼和冲撞而掉下的泪水。凯恩则想到了替自己受过的姐姐，想到了自己的无知带给家人的种种伤害。

月亮是无辜的，别向月亮开火。还有什么样的劝慰比这个更有说服力呢？凯恩主动向兰德里伸出了手，兰德里则拥抱了凯恩。

一句话避免了一场争斗，说来有些神奇，但世间就是有那样的一些转变，源于某人的一个简单的举动，哪怕是一句简单的话。后来，兰德里做了一名牧师，凯恩做了一名医生，与当初的行为大相径庭，现在的他们都是以服务社会、关爱他人为己任。这些转变，都源于那个夜晚，源于老人的那一句："别向我的月亮开火。"

在以后的日子里，兰德里和凯恩成了无话不谈的好朋友，他们在各自的领域大获成功之后，千方百计地四处寻找当年那个"保护月亮"的老人。在他们看来，老人当时保护的并不仅仅是月亮，还有他们的心灵。

终于，他们在一家老人院里找到了他。他变得更苍老了，每天都要坐在轮椅上，依靠别人的照顾生活。

在老人院提供的个人资料上，写着老人再简短不过的履历：

老约翰，生于1921年。

二战老兵。

在战争中双目失明。

不要那么早吵醒太阳

爸爸,明天我一定会比太阳起得早,相信我!

女儿临睡前,一再向我保证。满脸的兴奋,扯动着心里的一份激动,仿佛明天早上将要发生一件惊天动地的事情似的。

她想比太阳起得早,是因为她的心底藏着一个小小的"阴谋"。

在外地工作的妻子刚刚跟我透露了女儿的这个小小的"阴谋":她只是想在父亲节的早上,为你做一次早餐。

女儿只有8岁,却是少有的乖巧懂事。和她妈妈煲"电话粥"的时候听她妈妈说起明天是父亲节,她妈妈问她准备送给爸爸什么礼物。她想了老半天,才想到了这个"惊天动地的壮举"。

我看到她背对着我,偷偷地给闹钟定好时间,然后如释重负地对我说,爸爸晚安。

晚安。我为她盖好被子,然后坐到电脑桌旁,继续构思我的小说。

小说的创作进展得很顺利，不知不觉天已经蒙蒙亮。我想我必须要睡下了，我要让女儿的"阴谋"得逞。

我把面包和煮好的鸡蛋放到了案板上，把暖瓶里装满开水，奶粉和糖也放到了她伸手就能够到的地方，我想尽量让她的早餐做得容易些。然后，我小心翼翼地躺到她身边，故意轻轻地碰触她，温柔地碰醒她，眯着眼睛佯装睡着，脸上满是幸福的微笑。就听见她在那里打着哈欠，轻轻地自言自语，差点儿睡过头。然后看见她的第一个动作就是拿起闹钟，将它关闭。

她蹑手蹑脚地在厨房里忙碌着，尽量不弄出声响。我知道，她做的这一切，都只是想让我多睡会儿。我看过她最近写的几篇日记，几乎每篇都写到了我。她写道："爸爸又熬夜写小说了。每次天蒙蒙亮的时候，他才会躺下休息，他的睡眠只有可怜的3小时。然后就要为我做早餐，送我上学。爸爸真辛苦。"她写道："妈妈在外地上班，爸爸一个人照顾我，看来我得多学些本事了，不能老让爸爸操心。"她写道："爸爸，你都瘦了。我还是喜欢胖乎乎的你，喜欢叫你大肚子蝈蝈爸爸。"

我还喜欢她作文里的那个开头：我的爸爸肚子很大，我嘲笑他，他却说他装了家国天下；我的爸爸腰很粗，我嘲笑他，他却说他腹有诗书气自华。爸爸，你的家国天下，就是妈妈和我。因为你总是叫我们，大宝和小宝。

我便想起我们一家人在一起的时候，我每次唤"宝贝"，妻子和女儿都争抢着答应，她们都在争我的宠爱。为了区分开来，我管她们叫大宝和小宝。大宝小宝，我上班啦。大宝小宝，我回来啦。这是我每天都在使用的，爱的语言。这是我每天都在温习的，爱的功课。

记得有一次，女儿突然像个小大人似的，一本正经地问我，如果有一天我们都从这个世界上消失了，会变成什么呢？我说我会变成一朵云，她便嚷嚷着说她也会变成一朵云，跟我做伴；我说我会变成一棵草，她就说她要变成一滴露水，给我洗脸；我说我要变成一棵树，她就说她要变成树上的鸟，给我挠痒痒……我们拉钩，说拉钩上吊，一百年不许变。

女儿在厨房里忙活了很长时间，等她把早餐弄好，太阳已经大摇大摆地登堂入室了。她这才对着我大喊：爸爸，该起床啦。并且不无炫耀地嚷嚷着，今天我比太阳起得早吧。其实每一天太阳出来的时候，我都会早早醒来，没有人比我更早地见到太阳。但今天我必须躺下，今天，我不要做那个第一个见到太阳的人。

是啊，比太阳起得早。我伸着懒腰，应和着她。可是，你应该早点儿叫醒我。我故意"埋怨"她。她说，我不想那么早吵醒太阳，我想让爸爸多睡会儿。在女儿眼里，我是她的太阳。在我眼里，女儿是我的太阳。我们互相照耀，彼此温暖。

"爸爸，今天我学会做饭了，明天就能学会洗衣服，妈妈不在身边，我也能照顾你。"这是女儿给我的，最好的父亲节礼物！

我推开窗子，看到的是多么清新、多么美好的早晨啊！窗外的树叶上，露珠还在酣睡，一时半会儿还没有醒来的意思。一切都是那么安谧、幸福，包括窗沿上慢慢爬着的小虫，仿佛都在有节奏地扭动腰身，我似乎听到了它们在轻轻地哼着某支欢快的曲调。

这么小的屋子，这么小的窗口，却是我浩瀚如海洋般的世界。

尘世中的情感琥珀

鳝鱼的眼泪

一个周末的晚上,我和妻子领着女儿去一个小有名气的餐馆给她过5岁生日。我们按菜谱点了几道菜,其中一道菜很喜气,叫"团圆扇子",我和妻子不约而同地点了它,猜想其中一定有些意想不到的小情趣。

不一会儿,"团圆扇子"端了上来,令人不解的是,盘子里只有一条鳝鱼,首尾相接构成一个圆形。

原来,这是酒店最新打造的一个"招牌菜",新聘请来的大师傅为我们讲解了其中的奥妙。他手拿小刀,将鳝鱼的腹部慢慢划开,哇!亮晶晶的鲜美的鱼子珍珠一般涌了出来,堆满了同样晶莹剔透的盘子,真是一绝!

大师傅介绍说,为了做出这道菜,要把一条活生生的即将产卵的母鳝放进油锅里，为了护住腹中的卵，母鳝会使劲地弓着身子，直到弓成一个圆形。

我们惊得说不出话来，没想到这么美好的名字下面，竟是如此凄惨的一幕亲情悲剧。女儿拒绝吃它们，她说那些亮晶晶的小东西怎么看怎么像是鳝鱼妈妈的眼泪。

无以言表的母爱

2004年2月18日9时40分，一辆从昆明驶往泸州的卧铺车在嵩待路待补收费站被一辆货车撞翻，致使15人死亡，19人受伤。在幸存者中，年龄最小的是一名未满周岁的婴儿。"哇哇"直叫的孩子躺在一直昏迷不醒的母亲身边哭了快一个小时，护士们用手轻轻抚摩着孩子冰凉的小手，细声细语地说："她可能是饿了。"两个小时过去了，躺在病床上的母亲被孩子的哭声"闹"醒了。但她不能说话更动弹不得，只有泪珠从她的眼角无声地流下来。她眼睁睁地望着记者，好像想说什么。记者看着还在不停哭闹的孩子，突然明白了母亲的意思。在护士的帮助下，把头上插着输液管的女婴抱到了母亲的身边。孩子果然是饿了，她迫不及待地将小嘴伸到了母亲的怀里，咬住乳头吮吸起来，哭声戛然而止。

这是一幅获奖的摄影作品，它生动地记录了母爱的力量。不论在何种困境下，只要母亲在，她就会让她的孩子感觉到整个世界是安全的。

温暖

开往乡下的大客车极其破旧，夏天车厢里和外边一样尘土飞扬，冬天则和外边一样寒风彻骨。

那年冬天，车厢里挤满了人，我倚在一个戴着灰色头巾的老太太身旁。乡村的路高低不平，车子一会儿快一会儿慢，让人无法站稳脚跟。我只好伸出手去握那些闪闪发光的金属把手，偏偏又没戴手套，我的手刚一碰到把手就缩了回来——太凉了，凉得人都起"鸡皮疙瘩"。

过了一会儿，我身旁的老太太轻轻拽了拽我的衣角，又指了指她前面的那个把手，示意我将手放到那上面。再看看那个把手，已经被她用破旧的灰头巾包了起来。当我对她说"谢谢"的时候，才知道她不会说话。

握着那个用破头巾包起来的把手，我觉得无比温暖，就像从母亲那里得到的温暖一样。

凝视

在配合公安机关执行一次追捕逃犯的任务中，检察员钱松同志英勇牺牲。追悼会上，钱松的母亲一遍又一遍地轻抚着儿子的脸，默然无声，时间仿佛凝固了一般。

那一刻，似乎所有能动的东西都变成了石雕。

母亲的眼里没有滴下眼泪，她知道这是与亲生骨肉的永别，她凝视着自己的儿子，甚至不忍眨动一下眼睛，更不忍让眼泪模糊了视线。

那种凝视让我永生难忘：

母亲凝视着自己伟大的儿子，慈祥的眼神里似乎追忆着他的出生、他的童年以及他成长的每一个细节，而现在，他已失去生命，母亲的心因为孩子的死而僵硬。如果可能,她是多么希望让儿子在自己的身体里再诞生一次!

那是我见过的最动人心魄的一种凝视,它穿越时空,穿越生死,凝成了世间最美最美的琥珀。

闻一闻父亲的味道

我有一位生性懒散的同事,因为平时工作清闲,他每天到单位点个卯,然后就溜出去打打麻将,喝喝小酒,每日里逍遥自在地过活。

可是这几天,这位仁兄不知怎么了,突然开悟了一般,不但按时上下班,还捧着一本《唐诗三百首》摇头晃脑地背个不停。问其原因,竟然是因为他上初中的女儿在背诵《兰亭序》的时候,正好他会那么几句,就脱口背了出来。女儿则大声地惊呼:"老爸,原来你还是蛮有味道的嘛!"

一直以来,在女儿心目中,他都是庸庸碌碌的一个人,"就为了女儿的这一句夸赞,我兴奋了好久。"他有些不好意思地说。

从那以后,他不再打麻将,不再喝小酒,所有的时间都用来背古诗文。现在,他已经能把《唐诗三百首》背得滚瓜烂熟了。下一步,他还准备背整本的《诗经》呢!

他说:"我不能让女儿觉得我是个庸俗的爸爸,我得做个有味道的爸爸。"

孩子上高中了,按理说不用接送的,可是接孩子的人还是络绎不绝,黑压压一片。

每天晚上9点,我都准时去接孩子。在接孩子的队伍中,有一个男人总能引起我的注意,大概是他的长相有点儿奇特吧。他个子极矮,大概只有1.5米。肚子却不小,看上去应该是某个单位的小领导吧,应酬或许多一些,几乎每天都能感觉到他喝了酒。可是他从来没有耽误过接孩子,只要我在那儿,就能看见他,时间长了,彼此熟络,也就时不时地交谈几句。

有一天,他实在喝得有些多,东摇西晃的,站都有些站不稳。我开玩笑说,你这状态接孩子,是你保护孩子啊,还是让孩子保护你啊?他笑了笑说,不管咋样,只要能让孩子看到我就行。

他还有些不无得意地说:"俺那孩子都习惯了,知道他爸爸身上就是这个味儿。"

中考的时候,许多家长都守候在校门口,尽管看不到孩子,可是仍然固执地站在炎炎烈日下,以为这样就是在给孩子鼓劲加油。我也是其中之一。

我看到一个家长,从孩子进入考场到考试结束,整个人没有消停过,不是碎嘴子般和人说这说那,就是一趟趟地往超市跑。想起孩子爱吃什么,就跑去买什么。早上来的时候,他带着冰镇的矿泉水,可是到了中午就不凉了,他就跑到超市里去换一瓶凉的。他的袋子里满满地装着各种零食，真不知道他的孩子到底长了多大的胃。光是营养快线，他就买了五种不同味道的。"不知道她喜欢哪一种味道的，我就干脆都买了回来，让她自己选吧。"

尽管我极其看不惯这种对孩子宠溺的家长，但还是被他震了一下，那五种味道的营养快线其实只有一种味道，父亲的味道。

从考场出来，我和女儿走在回家的路上，路过一个工地，跑过来一个民工，一边擦拭着额头的汗水一边向我女儿打听考试的情况。

"今年的试题难不难啊？作文是什么题目啊……"他接二连三地问，问得很仔细。

女儿一边回答一边好奇地问他，为什么问这些呢？

他说他的孩子也是今天考试，可是他要干活，没有时间陪他。"关键是不好意思，你看我穿成这样，站在校门口，不是给孩子丢脸嘛！"他谦卑地微低着头说，"看你多好，有这么体面的爸爸陪你考试。"

工地上有人喊他回去干活，他向我们道了谢，急匆匆地跑回去。空气中留下咸咸的汗水的味道，父亲的味道。

过年的时候，父亲不小心在雪地上滑倒，扭伤了脚踝。往常的年夜饭，总少不了父亲做的那道最拿手的美味咖喱鱼，那也是我们最爱吃的一道菜。今年父亲无法再为我们做了，看到我们失望的神色，父亲说，这还不好办，我怎么说，你们怎么做。

父亲就现场指导我们做起了美味咖喱鱼，什么样的火候，放什么样的调料，我们照着父亲说的步骤仔仔细细地去做。鱼端上桌的时候,父亲尝了一口,点点头,向我们竖了竖大拇指,说,简直一模一样!

可是我们吃着,却总觉得差了那么一点点味道,不是忘记了放哪种调料,而是我们知道,那里面少了父亲的味道。

闻一闻父亲的味道,梦是香甜的,人生也是香甜的。

第二辑　第20根蜡烛，叫疼痛

他知道，这生命中的最后一次生日，他吹灭的并不是20根燃烧的蜡烛，而是母亲的心。

母亲的心，随着那声枪响慢慢地熄灭了。

丁香花儿，别睡觉

丁香花儿，别睡觉，睡着了，你就没有香味了。

这是我听到的那个孩子嘴里不停念叨的话，像童谣那样好听。

其实从刚上车的时候起，我就注意到了那个捧着丁香花的小姑娘。她四五岁的样子，扎着两个顽皮的小辫子，样子十分可爱，像小天使一样被所有人簇拥着。她很活泼，全车厢的人都愿意和她聊天，那一刻，我看到年轻妈妈的脸上满是幸福的微笑。

她说话带着天真的童趣，让我们忍俊不禁。比如有人问她家里谁说了算啊？她不假思索地说："爸爸啊，他是俺家的头。"年轻妈妈就故意拉长声音问她："真的？"她马上改口说："是妈妈，是妈妈。""你不是说爸爸是家里的头吗？""可是妈妈是家里的脖子，脖子让头朝哪儿转就朝哪儿转……"

还有人看到她嘴里的豁豁牙，就问她牙怎么掉了。她说："为了长出新牙啊,所以就得拔掉它。""那你的牙还疼不疼?"小女孩的回答让我们把肚皮都笑疼了:"啊呀,牙齿留在医院里了,我不知道它疼不疼啊!"

有人问她要去哪里,她说去看奶奶。她说奶奶生病了,屋子里到处都是药味,她要把丁香花放到奶奶的窗台上,让奶奶闻闻花香,奶奶的病就会好起来。这一次我们没有笑,却觉得她更加可爱了。

多懂事的一个孩子啊。因为这个小家伙,整个车厢都热闹了起来。她像一只彩色的蝴蝶,不停地扇动快乐的翅膀,把一个完整的春天带到车厢里来。

因为是长途,道路又特别颠簸,小家伙好像有点儿累了,她躺在妈妈的怀里说:"我困了,我要睡觉。"年轻的妈妈怕她睡着了会感冒,就对她说:"你睡着了,你的丁香花也会睡。丁香花睡着了,就没有香味了。"

"是吗?"孩子天真地说,"那我不睡了,丁香花,你也别睡觉。睡着了,你就没有香味了。"

年轻的妈妈对她说:"你不让丁香花睡觉,就用手给她扇风,看看香味是不是会更浓。"她照着妈妈的方法试验了一下,果然,那香味浓得似乎流动起来了。我很佩服那个年轻而优雅的母亲,她懂得用优美的语言把孩子内心的花香唤醒。

其实,每个人都是一朵花,身上有着各自的花香,只是有的没有被唤醒。我想到我的女儿,执意要把买来的冰淇淋送给那个小乞儿;我想到一个商店老板的孩子,买东西时因为忘记找零,三四分钟后气喘吁吁地追上来将五角钱放在我的手心;我想到宾馆的一个老服务员,把手背在身后微笑着说:"想想你把什么东西丢了?"

那是我不小心落在服务台的数码相机……那些时候的那些人身上，都散发着花香，它不同于各种名牌香水的味道。

　　诚挚的爱意是一个人灵魂里散播的花香，我们所要坚守的就是：别让花香沉睡。

从故乡出发的雪

母亲说:"我放出去的小羊羔,还能找到回家的路吗?"

故乡正下着雪。

而我居住的这个城市没有雪花。城市的枝头只剩下星星。

我累了,似乎连一瓣雪花都难以承受。

在城市上空,我总能看见一只只无处栖身的孤独的鸟,它们不停地飞得精疲力竭。这时候我就想有一座低矮的茅屋,让那些孤独的鸟在我的屋檐下筑巢,听着它们叽叽喳喳的声音,世界才真的静了;看着它们在空中忙忙碌碌织出一场场爱情,世界才真的美了。

那座低矮的茅屋,就成了天堂。

我的眼睛被故乡飘来的雪遮住,什么也看不见。现在,我唯一能做的就是用睫毛将记忆中的雪轻轻扫起,堆在冬天的一个小小角落里,堆出一个很小很小的雪人。然后,我跟这个雪人对话。

我问它，我的亲人们过得好吗？我的朋友们过得好吗？我曾经的爱还在路上行走吗？

它却答非所问地说，这里的雪真美！可以覆盖你的忧伤、你的烦恼，让你生不出一丝欲望和邪念，只剩下爱，陪着雪花生生不息……

我感觉被针扎了一下，又扎了一下，那个小雪人在唤醒我记忆中的苍白灵魂，并让每一处被针扎过的地方都流出真实的忏悔的血。

在一个周末的夜晚，我路过一个工厂，看见几个打工的"外来妹"抱在一起痛哭。我停下来，想知道她们为什么哭得这样伤心。过了一会儿，我听见其中一个哭着说："我想我娘，我要回家。"然后她们一起在夜色中大喊："我要回家！"那个声音在夜空中久久回荡，在我的心头久久地悬浮着，永不落下。

我要回家。我累了，欲望的梯子伸入云霄，我不想再攀爬。

从故乡出发的雪，是一粒粒精神的药片，大抵可治愈城市里流行的种种病症。

春天的魔法师

他是一个酒鬼,人人都像躲避瘟神一样躲着他。越是躲他,他就越是讨人嫌,不是敲敲你家的门,就是拍拍他家的门,再猛吼几嗓子,搅得人家鸡犬不宁。

他在人们鄙夷的神色里缩着身子,苟延残喘地过活。

他是生活中的不幸者,妻子出了车祸,孩子得了重病,双双离他而去,他每日里只能借酒消愁,每一次都酩酊大醉。他清醒的时候很少,或许他最怕的就是清醒,回忆快漫上来的时候,他就用烈性的酒把它们压下去。

他怕回忆,因为他的回忆里都是鲜红的血泪。

曾经,他是一个酒吧里的驻唱歌手,充满激情地歌唱生活,歌唱爱情,歌唱一切美好的事物。然而,自从悲剧发生之后,他的屋子里再没出现过歌声。曾经被他视为生命的嗓子,他也不再去爱护，那些烈性的酒烫伤了他所有附着音乐灵感的神经。

他的心底，早已没有了歌。

没有人和他说话，所有人都躲着他，包括满巷子奔跑的孩子。大人们告诫说，小心他耍酒疯，会打人的。孩子们便都很怕他。

他寡言少语。他的院子死气沉沉。他和我同龄，看上去却像是我的长辈。

春暖花开的一天，小外甥的皮球落进了他的院子里，不敢去拿，平日里从不和他说话的小外甥没有办法，硬着头皮冲他的屋子喊道：爷爷，爷爷。他半醉半醒地从屋子里探出头来，不大相信有人叫他。使劲儿揉了揉眼睛，确认有个孩子在叫他爷爷时，他满脸堆笑地问道：有什么事情？小外甥说，爷爷你帮我把球捡回来好吗？他乐颠乐颠地跑过去把球捡回来，竟然隔着栅栏在小外甥头顶做了一个灌篮的动作，还滑稽地冲小外甥做了个鬼脸。谢谢爷爷！小外甥接过皮球，对他说，他们都说你可怕，可我看你一点儿都不吓人。然后快乐地跑开了。

他在那里怔怔地呆立了很久，忽然抬头看了看太阳，太阳很暖，他却打了个冷战。

他把自己封闭得太久了，一直都觉得冷。

他再一次抬头看了看太阳，太阳很刺眼，但他没有躲避，他忽然想借阳光来取暖。

他一点儿都不吓人。小外甥奔跑在那个春天，到处为他辟谣。渐渐地，到他院子里来玩儿的孩子越来越多。小外甥领着伙伴们常常一边玩耍一边帮他打扫卫生，当然，他院子里最多的垃圾是酒瓶子。

他在院子里做了个简陋的篮球架子，他就坐在门口看孩子们在那里玩着投篮的游戏，不自觉地，他轻轻哼起了歌谣。很久没有唱歌了，那些音符怯生生地从他的嗓子里蹦跳出来，虽然有些沙哑，旋律却依然优美。

这突如其来的变化让邻居们都很吃惊，更让人吃惊的是，他竟然摔掉了所有的酒瓶子。他说他要戒酒，他要保护嗓子，他要重新去唱歌。于是，每个清晨，每个黄昏，都能听到他动听的歌声，虽然也有哀怨，但音乐的光环笼罩着他，那些快乐的音符在慢慢分解他的忧伤。

在那个简陋的篮球架下，他为孩子们举办了一次小小的个人演唱会。他不停地唱着，孩子们不停地为他伴舞，为他鼓掌。邻居们也过来凑热闹，他的院子热闹极了，门庭若市，笑语喧阗。那天，他刮了胡子，穿上了漂亮的演出服，清清爽爽的一个人，他真的还很年轻。小外甥有些不大相信自己的眼睛，这还是那个爱耍酒疯的爷爷吗？

当然不是，我点了一下他的额头说，你应该叫他叔叔。

可是他怎么一下子变年轻了呢？小外甥依然不依不饶地问。

因为有魔法师啊。我笑着说。

哪一个是魔法师？

春天、爱、阳光和歌声，所有滋润心灵的事物，当然还有你，我可爱的孩子。

第20根蜡烛，叫疼痛

母亲每次在他过生日的时候，都会为他点上蜡烛。那些蜡烛吹灭了之后，母亲就把它们包起来，留着来年他过生日的时候再用。母亲说，你一天天长大了，这些蜡烛就是你成长的纪念。

他的父亲在他8岁的时候抛弃了他们娘儿俩，和别人去过幸福的日子了。他们的生活开始捉襟见肘，渐入窘境。正是从那天起，他开始憎恨这个世界，父亲的绝情让他记仇，母亲的软弱让他愤怒，而所有比他幸福快乐的人，都是他在心底诅咒的对象。

不管日子过得多苦，他的每个生日，母亲都会为他买来蛋糕，怜爱地看着他把蛋糕吃光，把勺子上残存的一点儿奶油舔得干干净净。那时候母亲的心就会疼，总是摩挲着他的头说，等妈找到好工作以后，天天给你买蛋糕吃。

每一次点着蜡烛，他都长了一岁，所以要增添一个新的蜡烛，那些蜡烛就像是按大小个儿排列好的士兵一样，在他的生日那天，接受他和母亲的检阅。那是些会流泪的物件，他不知道它们的泪水是因为疼痛还是幸福。他只知道，他长高了，蜡烛就短了。他怎么也不会想到，这些蜡烛只为他点燃了20次。

从他懂事的时候起，他便开始对着蜡烛闭上眼睛许下心愿了。他也喜欢流泪，这是他和蜡烛唯一相像的地方。只是，他的哭泣，不是因为疼痛，而是为他那些很难实现的心愿。

但再难的心愿母亲都尽量帮他去完成了。10岁的时候，他许的心愿是妈妈能给他买一个和张君一模一样的好看的书包，让同学们不再只单单羡慕张君一个人；12岁的时候，他许的心愿是妈妈能给他买双旱冰鞋，因为他已经迷恋上溜旱冰了；14岁的时候，他许的心愿是班级里最漂亮的女生能去赴他的"约会"，然后他要将这个消息公之于众，让她出丑；16岁的时候，他许的心愿是妈妈别再逼他复读，他不想去面对被他不停咒骂着的课本；17岁的时候，他许的心愿是明天能多来两个哥们儿，他要胖揍一顿网吧里的那个网管，因为他多管闲事，干扰了他去逗弄邻座的女孩儿；18岁的时候，他许的心愿是妈妈多给他些钱，蹦迪、喝酒需要很多钱，他常常入不敷出；19岁的时候，他许的心愿是抢劫成功，让自己咸鱼翻身，发家致富。

短短的心路，竟如同往心灵上一滴滴注射着毒药。他许下的那些心愿一个个都变成了现实，除了最后一个。他预谋了近一年时间，抢劫了当地一个被他瞄了许久的大款，杀了人，但没有成功逃脱，他被警察抓到了。

巧合的是，行刑的日子正是他20岁的生日。

狱警为他准备了几个肉馅包子，让他吃饱了好上路。他心如死灰，拿起包子准备往嘴里送的时候，看到母亲来了。他简直认不出她来了，因为她的头发全白了，人也瘦得像一个幽灵。她哀求狱警让她为儿子送行。

母亲带来了一盒生日蛋糕，颤抖着双手将一根根蜡烛点上。一共是20根。这些蜡烛又开始流泪了，流淌着那些苦不堪言的往事。母亲说，孩儿，再许一个愿吧。他闭上双眼，但无法阻止泪水的汹涌而出。这一次，母亲没有问他许的是什么心愿，他却主动说了出来：妈妈，这么多年来，我每次许下的心愿都是自私的，从来都是为了我自己。但这一次，儿子是真心的，我希望您能好好活下去，我祝您健康长寿。

母亲哀伤地望着他说，没了你，我长寿有什么用呢？谁又能给我养老为我送终呢？母亲没有再把那些蜡烛包起来，她知道，它们已经无法再一次燃烧，它们已经夭折。

当他被狱警带走的时候，母亲望着他的背影突然跪了下去，声嘶力竭地喊道："孩儿啊，妈对不起你，妈没能教育好你。"他回过头，向母亲跪了下去，给她重重地磕了三个响头……他无法说出话来，他知道，这生命中的最后一次生日，他吹灭的并不是20根燃烧的蜡烛，而是母亲的心。

母亲的心，随着那声枪响慢慢地熄灭了。

第156张票根

自从那个晴天霹雳般的秋日以来,妈妈的脚再也没有停下来,一直在奔走着。妈妈的心再也没有闲下来,一直胀鼓鼓地装着她,因为女儿被囚在高墙深院。

那一年女儿刚刚20岁,如花的容颜,瞬间凋残。

女儿是因为恨才铸成了大错。女儿恨父亲,更恨那个夺走她父亲的女人,于是在一个风雨交加的夜晚,动了杀心。女儿只是想让妈妈解脱,想缝补好家庭的裂痕。在她举起刀子刺向那个女人的同时,也深深刺伤了自己。她的美丽年华在刹那间被她自己掐灭了。

妈妈每月一次的入监探视,便成了女儿的节日。监狱里的日子静如死水,但因为每月都有一天能见到妈妈,她心中便会不停地泛起微澜。那个日子阳光普照,那个日子鸟语花香。她认真地数着妈妈走后的日子,每天在她的床头划道道,多少次在梦中提前过了她的节日。原本黯淡的生命因为有了这个日子而变得有了些许亮色。

妈妈又何尝不是如此。女儿带走了妈妈的阳光,抽干了妈妈心头的灯油。妈妈心上的那团火苗,却因为这样一个日子而没有熄灭。每次来,妈妈总是提前准备,她爱吃的小点心,喜欢的小玩意儿。只要是妈妈认为女儿喜欢的,就下功夫做,舍得花钱买。从晚上回来开始,就琢磨着下次去该带什么,一直到下个月该去的时候才算是准备好。大包小包一个又一个,在火车上还可以,下了车,还有5公里的路程没有车,只能步行。常常是累得气喘吁吁,直不起腰来。

多少次,管教警告说不允许从外面带那么多东西。妈妈总是好说歹说:她姨,就留下吧,不是买的,是我昨天晚上才做的咸菜和一些小点心,没别的,让孩子留下吧。每每妈妈让管教无话可说,其实管教总是被感动,那个白发的老妈妈,谁又能忍心再让她背回去呢?谁又能拒绝妈妈那颗善良的心,谁又能拒爱于千里之外?

她们一个在高墙内,一个在高墙外,度日如年。更让她疼痛的是,每一次见到妈妈,都发现妈妈又老了一些。每一次,她都会为妈妈拔白头发,渐渐地,开始拔不过来了。她总是一边拔一边不停地抽泣,把妈妈的白发用一个小盒子装起来。妈妈似乎看出了她的心思,每次来都先去染黑了头发。尽管如此,仍旧无法阻止妈妈的衰老。

皱纹同样过早地爬上了她的眼角。13年了,风华正茂的她一路走来,转眼间,花已凋零,青春不再。铁窗高墙阻隔了她的高飞远行,但阻不断她对妈妈的思念和妈妈对她的爱。她后悔自己的倔强、任性和无知,在风雨之夜犯下滔天罪行,手铐铐住的不只是她的手，还有妈妈的心。妈妈的心，被一点一点地揉碎；妈妈的泪，被一滴一滴地熬干。

无论严寒，无论酷暑，无论风雪交加，无论大雨滂沱，妈妈总是如约而至，从未迟延。每次来，她都会问妈妈要她的火车票根，她那本漂亮的纪念册上面粘贴着一张张火车票根，所有的票根上都写着Q地开往Z地的字样，整整13年，156个月，3万多公里，那是母爱的路程。

156个月，但她的纪念册上只有155张票根，怎么独独缺少一张呢？

原来，出狱前的最后一次探视，是那个冬天最冷的一天，刮着凛冽的北风，下着大片大片的雪。她既担心妈妈被冻坏而不希望她来，又不停地走动，焦急地盼着妈妈的到来。她的纪念册上就缺这最后一张票根了，然后，她就可以合上它，重新开始她的生活。可是妈妈始终没有来，她开始忐忑不安起来，担心妈妈出了什么意外。直到第二天早上，妈妈才蹒跚着来了。因为雪下得太大，不通车，妈妈是一步一步走来的，整整走了一天一夜。来的时候已经过了探监的日期，但管教们破例让妈妈见到了她。她跪在妈妈面前，捧着妈妈那双冻伤的脚，号啕大哭。管教们无不动容，齐刷刷地跟着落泪。

她在纪念册的最后一页，那个本该贴上最后一张票根的空白处，画上了一双脚。那是妈妈的脚，一双冻伤的脚，一双不停奔走的脚，走过的脚印里都是深深的母爱。

那双脚是她积攒的第156张票根，母亲的终点，她的起点。

冬天的儿子，春天的心

家里的小狗下崽儿的时候，妻子从垃圾堆边上的一个破棚子里捡了一件脏兮兮的羽绒服回来，要给小狗做个暖暖的窝。女儿知道以后，非要我们把那件羽绒服放到原来的地方，她说那是冬子的衣服，没了它，他的冬天就没法过了。

说过之后，女儿才伤感地想起，在冬天的门槛前，冬子已经死了。

冬子是一个先天性智障患者，二十几岁的人了，却只有五六岁孩童的智商。他的家人似乎对他失去了耐性，对他不管不顾，任由他天马行空四处奔走。他的命运正如他的名字，冬子，冬天的儿子。但他不知道悲苦，乐得逍遥，除非饿得迫不得已，常常索性连家都不回，就到垃圾堆旁的那个破棚子里去住。我们猜想，他的家人巴不得他走丢吧，也算了却了一份心债。

女儿每天在上学的路上都会遇到他。刚开始的时候，女儿有些怕，可是时间久了，发现他一点儿都不可怕。女儿经常把自己的零食分给他吃，冬子对女儿也很好，每天屁颠屁颠地跟在她后面，"护送"她上学。有一次，不知道从哪里窜出来一条大狗，冲着女儿狂吠，女儿吓得哇哇大哭。冬子一个箭步冲了过去，把狗吓跑了。或许因为女儿是个孩子的缘故吧，他们之间的友谊竟然长久地持续着。

冬子喜欢学校。从他的眼神中可以感受到，他内心是多么渴望和孩子们在一起，因为他就是个孩子，他的心永远长不大。

每次看到女儿走进校园，冬子就会趴在校园门口的栏杆上，向里面羡慕地张望，往往在那里一站就是一天，直到学生们放学。

在学生们做早操的时候，冬子常常站立在校门口，照着他们的样子跟着做，动作很滑稽，常常惹来旁人的嘲笑。

学生放学的时候，冬子则会跟在他们后面。如果哪个女生的衣服鲜艳，他还会好奇地去拽人家的衣襟。常常惹得那些女生们尖叫一声，呼啸而去。有一些爱"打抱不平"的男生，就会跑过来狠狠揍他一顿。可他就像不知道疼似的，不长记性，第二天还会跟在那些学生们屁股后面，仿佛一切都没有发生。

有一天，他在校园外面跟着里面的学生们做早操，被校长看到了，那种痴迷让校长有些心酸，就破例把他唤了进来，让他站在队列后面跟大家一起做早操。看到他笨拙的姿势，同学们大声哄笑着，他也不觉得难堪，反而认为那是对他友好的欢迎，做得更起劲儿了。同学们进了班级上课，他就一个人在操场上，继续他的"表演"，乐此不疲。

时间久了，学生们对他习以为常，都和我的女儿一样，不再欺负他了，有什么好吃的零食自然也会分给他一些。如果他偶尔淘淘气,踩了校园里的草坪或者摘了花池里的花,老师们也都睁只眼闭只眼,不大去管他。

谁也没有想到,他的快乐是如此短暂。一件意外的事件,使他的"幸福生活"戛然而止。

那天,学生们放学后,一帮社会上的小混混拦住了一个漂亮的小女生,非要领着她去酒吧喝酒。小女生大声地喊救命,可是没有人敢出面阻拦。小混混们胆子更大了,在大街上撕扯着小女生的衣服。这个时候,谁都没有想到,是冬子冲了上去,把自己横亘在小女生和那帮混混之间,像一堵墙一样。"嘿,这个傻子也知道英雄救美啊。"小混混们嘲笑着他,毫不留情地对他拳打脚踢。任凭人家怎么打他,他都死死护着那个小女生。小混混们打急眼了,动了刀子,活活在他的肚皮上捅了五刀,直到学生们喊来了老师,他们才逃之夭夭。

那天刚刚入冬,地面上结了冰,很冷很冷。冬子死了,冬天的儿子没能迈过冬天的门槛。

女儿的学校为他开了一个小型的追悼会,校长含着眼泪说,他的身体已经长大成人,但他的心始终是个孩子,可怜的、没有书读的孩子;他的身上脏兮兮的,心却干干净净;他是冬天的儿子,却有一颗春天的心。

冬子的妈妈呼天抢地,哭得让人肝肠寸断。她后悔没有给他幸福快乐的生活,她更没有想到,她的傻儿子竟然能够得到那么多人的尊重。

春天的心,这是我听到的对一个智障患者最贴切最美好的评价。春天的心里,包藏着多少美妙的事物啊,阳光、露珠、一尘不染的爱的世界……

　　从那以后，女儿的学校里，不管是哪个班级做早操，学生们都会自觉地在第一排留出一个空位置来，仿佛在他们的心灵深处挖了一个储藏室，储藏起一份良知。

　　他们都知道，那里永远有一个活着的灵魂，如影随形，笨拙而可爱地跟着他们翩翩起舞。

镀着阳光的金项链

那是一张永远无法定格在胶卷上的脸,那是裱在摄影家心底的一张照片。

那是一群贫苦交加的人们对美好生活的渴望。

那是很多年前的事情了,因为我的摄影家朋友略微懂得一些非洲语言,所以争取到了随同新华社记者去索马里难民营采访的机会。他的心里一直藏着一个愿望,要用相机记录下难民们一个个水深火热的日子,唤醒全世界的良知来拯救一群挣扎在死亡边缘的人们,他们有黑色的皮肤,有褴褛的衣衫,有在贫苦中依然闪亮的眼睛……

那是一个怎样的居住地啊,像城市里某个垃圾处理站,臭气熏天、尘土飞扬,战争让他们流离失所,饱受了上帝揣在口袋里的所有苦难。

在那里,他摸到了儿童们瘦如鸡爪的手,听到了老人们临终时的哀号和呻吟，看到了妇女们惊恐的眼神……这些都在他的心底烙下了深深的印记。那里的每一个人，随时都有可能死去。一粒药片比一粒金子更珍贵，一次小小的感冒引发的高烧就会将人推下生命的悬崖，死亡就像一堆篝火的熄灭一样，平常得已经不能让人感到悲痛了。

但让他无比惊讶的是，在他决定给他们照相的时候，不论男人还是女人们，都纷纷去洗脸梳头，把自己收拾得干干净净，似乎是要赶赴一个节日的盛会一样。他想：再贫苦的人，对生活也是充满向往之心的。

其实，他们是在为自己守着那最后的尊严，让全世界都尊重的，非洲的心。

我的摄影家朋友不停地为他们照相，用光了所有的胶卷。就在他要离开的时候，一个小姑娘跑过来拽住了他的胳膊，央求他为她照张相。他看到她将自己收拾得干干净净，特别是她的胸前，竟然还戴了一串金光闪闪的项链。她似乎看出了他眼中的惊讶，笑着对他说出了项链的秘密。原来那是她用泥巴搓出来的一个个泥球，然后将花粉涂在外面，串成了项链。

就为了做这个"项链"，她才没赶上照相。

他拿着相机的手在颤抖，他不能告诉她相机里已经没有胶卷了，他不能让这朵开在人世间最苦难之地的花在瞬息之间就凋谢，那是一颗真诚地热爱着生活的心啊！

她对着他的镜头绽放出灿烂的笑容，他不停地摁着谎言的快门，用一个个闪光灯骗过了她的期待。非洲女孩黑黑的脸和灿烂的笑，在那一刻永远定格在了摄影家的灵魂里，再也剜不掉。

回到大使馆后，我的摄影家朋友想尽办法向工作人员要了几个胶卷，他的心很乱，迫不及待地要求再去难民营一趟，他想为那个女孩补照几张照片，路上辗转了20天。他不知道，这20天，一个鲜活的生命就走到了尽头。

她纤细的生命一直在飘飘荡荡，一次简单的感冒，就让她永远地睡着了。

小女孩躺在母亲的怀里，已经离开了苦难的人世，胸前的那串项链依然镀着阳光的色彩，刺得人的眼睛有种无法回避的疼痛。

女孩的母亲说，这些日子是孩子一生中最快乐的时光，她每天都盼着能早日看到她的照片，看到自己在灿烂的阳光下，像花一样开放。她临终前的最后一句话是：中国叔叔来了吗？

这就是生命。在世界上最贫穷的地方，一颗苦难的灵魂涂抹上阳光的色彩，变成珍珠，串成了美丽的项链……

对美的向往之心，让这个世界不再令人绝望。

风筝的心

又到了放风筝的季节,可是我的城市上空却空空如也。莫非是与这城市积下了太多的仇怨,连云都躲藏起来,不肯给城市的天空一点儿梦想的色彩吗?

而我依然仰望,寻找那些飞翔的痕迹,寻找那只要一点点风就可以抖擞起精神来的风筝。

再次见到风筝,是在三月最破败的小巷。一些蓝色的白色的紫色的欲要飞翔的念头,被一群孩子稚嫩的小手提着,轻轻地,飘在一人多高的风里。

孩子们必须奔跑,因为只有奔跑才可以带来风。

老人们说,放风筝可以放掉人心中所有的烦恼和晦气,只剩下美好的愿望。人们相信,这些用心灵里最珍贵的情愫扎出来的梦想之鸢,可以把种种美好的愿望传达给上帝。

小时候没有动漫没有电脑，却有广阔的草地放风筝。如今，孩子们有了各种各样的玩具，却再也腾不出时间和空间纵情奔跑，纵情释放他们的梦想。所有的时间都被各种补习培训填充，所有的空间都被钢筋水泥占领。在这个简陋的巷子里，我看见风筝精疲力竭仍无法飘过城市的额头，气喘吁吁仍无法惊动半点尘俗。

孩子们在巷子里终于跑累了的时候，其中一个把风筝举过头顶叹口气说，有风多好，有风它就能飞上天空了。另外几个孩子也如泄了气的皮球，蹲到地上，不停地抱怨着——

风都哪儿去了？

风都哪儿去了？孩子的话让我不禁一怔。风，被高高密密的楼群阻隔在外面；风，被机器的轰鸣赶往别处；风，藏在遥远的记忆里；风，躲进唱着歌谣的童年。小时候，我的风筝可以放得比云朵还高。在那么高的天空上，我的风筝和白云窃窃私语，那是我儿时最美丽的花篮，一直在我的记忆里晃来晃去。

风筝飞不起来，然而它们却是这座城堡里唯一长着翅膀的鸟了。它们醒着，心怀世界上最单纯的愿望：只要一点点风，只要一点点可以飞翔的天空。

天空不冷清，风筝不冷清，冷清的只有风筝的心。风筝，这春天里的邮票，何时能为孩子们邮寄来春天？

不知为什么，看着这些无法飞上天空的风筝，我的心里异常难受。尽管这是一些廉价的风筝，用最普通的材料制成，大概两三块钱就可以在任何一个商店里买到，但我还是希望它们能飞起来。这种希望点燃我心中隐匿了许久的渴望飞翔的念头。我对孩子们说："明天早晨在这里等我，我领你们去一个可以让风筝自由自在飞翔的地方。"

那天晚上,我挑选了最结实的竹签和最漂亮的桃花纸,精心制作了一个美丽的风筝。这是对童年的牵挂。我尽可能地将生命中所有美丽的色彩都绣到风筝的翅膀上,再扯一根长长的思念的线牢牢拴住它。我知道,我的童年不会走得太远。

风筝上的那些花朵,鲜艳得就像那群孩子的脸。我仿佛听见了风筝在说:给我一点点风,给我一点点与梦有关的颜色。

第二天一大早,我带上亲手制作的风筝领着孩子们去了广场。广场上人头攒动。孩子们小心翼翼地打开风筝,小心翼翼地打开自己,然后奔跑、奔跑,风来了!风筝飞上了高高的天空!

我手中的线轴飞快地旋转,我的风筝追上了云朵,正在向它打听童年的消息。

很多人站在那里不再走动,很多人仰起了头,很多人高声喊道:"快看,多美的风筝!"

那一刻,我感觉到,适合风筝飞翔的风来了。那些安静的、优雅的心灵回来了。

其实,它们从来就不曾丢失,只是有待呼唤。

缝补心灵的一根丝线

他是一个修鞋匠,一个只能蹲着走路的残疾人。每天我都会路经他的修鞋铺,看他低着头,缝补着那一双双未老先衰的鞋子。他修鞋的技术很好,附近的人都愿意把坏掉的鞋子拿到他这里来修,一大堆生病的鞋子迫不及待地排着号,等待他来望闻问切,妙手回春。

因为是残疾人,所以他很自卑。他很少与人交谈,一张脸仿佛僵硬了一般。他尽量躲在他的修鞋铺里,使自己不必见到更多的人。对于他来说,每天上厕所是他心里最难过的时刻,公共厕所在修鞋铺对面,中间隔着一条马路,那短短的距离却是他最为艰难的行程。他每天控制自己少喝水,以减少去厕所的次数,可是偏偏有一天,他不小心吃坏了肚子,不停地往返于修鞋铺和厕所之间,人们像看怪物一样看他不停地贴着地面来来回回,那些目光扎得他浑身都疼。

有一天，我的鳄鱼牌皮鞋大概是饿了，张开了嘴。我走进他的修鞋铺，对他娴熟的修鞋技术不禁夸赞了几句。我说：您修鞋的技术真是一流。我看到一个羞赧的微笑迅速在他的脸上绽放，听到他喃喃地说：哪里好啊，不过是混口饭吃罢了。那微笑并没有立刻消散，相反，却有了一种想长时间占领高地的势头呢！

我主动和他聊了起来。刚开始，只是我一个人在说，渐渐地，他敞开了他的世界。那天他说了很多，他说小儿麻痹症害了他一辈子；他说他怨恨这个世界，咒骂过上帝对他的不公；他说他真想站起来走路；他说他也想像个正常人一样找个女朋友……

他来了兴致，拿出他写的一些心情日志给我看。歪歪扭扭的字，歪歪扭扭地表达着对这个世界的看法。我在那些字里读出了诗意，读出了生命的疼痛，竟让我有些爱不释手了。他写道："我始终觉得自己像一只冬眠的刺猬，蜷缩在自己的巢穴里，不问世事。可是阳光总是暖暖地照耀着我，试图将我唤醒，告诉我春天来了。我多么盼望春天啊！可又怕春天的到来。我不敢睁开眼睛，我怕看到人们在看我时，眼底的惊讶和怜悯！我不知道这个世界还有没有爱，我的爱和眼前的这些鞋子一样，未老先衰……"读着这些文字，就如同靠近了他的灵魂，我感受到一颗残缺的需要爱来缝补的心。

我付给他修鞋的钱，他死活不肯收。他腼腆地说出他卑微的请求，希望能和我做朋友。他说从来没有人陪他聊过天，他感激我将他看成一个普通的正常人。

我诚恳地点头，向他伸出手去。"总要有个仪式吧。"我早早地帮他关好了窗栅栏，到熟食店买了几个小菜和几罐啤酒，我们推杯换盏,彼此敞开心扉,天南海北,聊得非常尽兴。最后,他竟然流出了眼泪,他说没想到他这辈子会有我这样一个体面的朋友。

一个体面的朋友,这是我听到的别人对我的最高评价。"是你太封闭自己了,其实这个世界上,好心的人还是很多的。比如现在,你看——"他顺着我手指的方向,在窗口看到了一个佝偻着腰的大娘,正在他的门前清扫垃圾,那是住在他隔壁的邻居。"我经常看到她,每天扫地的时候都会顺道把你的门口扫得干干净净。你以为别人对你只有歧视,其实更多的还是这些无声的关爱。"

"是啊,"他忽然感慨地说,"一直以来,我对这个世界不抱任何幻想。没想到,敞开了心去生活,一切都不一样了……"

那晚我们聊了很久很久,离开的时候,我听到他在我的身后竟然轻轻地哼起了小曲儿!一个残缺的沉睡的生命就这样被唤醒了。

鞋子修好了,就可以穿到脚上,继续走路。有时候,有些心灵跟那些未老先衰的鞋子一样,也需要修补。补好之后,整个世界都变得春意盎然、阳光明媚了。

我们每个人,都可以做缝补别人心灵的一根丝线。

父亲的格言

父亲一直教育我们做人要光明磊落,不要在别人背后指指点点。上中学的时候,我和班里的另一个同学竞争班长的职务,为了拉拢同学给我投票,我把一些同学请到家里,并说了我的竞争对手很多坏话。被父亲听到了,他当时说了一句话:"当你用食指对着别人的背影指指点点时,你是否注意到你其他的三个手指正指着自己并且以三倍的力量在还击你!"

父亲喝茶有个习惯,总是先把茶放到阳光下,让阳光慢慢渗入。他不懂茶道,但这道程序他却从不省略。父亲在上班前经常叮嘱母亲的话就是:"把我的茶叶放到阳光下晒晒。"晚上,父亲就会泡着那些被阳光晒过的茶,读书,写几行人生感悟。对于这个特别的嗜好,父亲的解释是:"喝了被阳光晒过的茶,感觉心里就有了阳光的味道。"

曾经随父亲去参加过一个远房亲戚的葬礼，所有人都对死者的家属说着"节哀顺变"之类的安慰话，父亲却拍着死者逐渐壮实起来的儿子说："你要快点儿成长，早日扛起家里的重担。大树倒了，就是要给你们这些小树腾地方。"

下雪的时候，我用套子套住了一只鸟。我把它握在手中，如获至宝。父亲看到了，跟我打赌说他会让这黑色的鸟变成彩色的。我不信，就松开了双手。我看到，那只鸟在天空自由飞翔的时候，因为镶上了阳光的金线而变得色彩斑斓。父亲说：再美丽的鸟，失去了自由，被我们握在手里的时候，都是黑色的。

小时候有一次给家里买酱油，店家在找零钱的时候多找了1角钱。在当时，1角钱对一个孩子的诱惑还是很大的，它可以换来一大堆花花绿绿的糖果。店家找回来的1角钱是5个2分的硬币，我不想把这个"意外之财"交给父亲，就把它们藏到了自己的鞋垫里。柔软的鞋垫里突然有这么几个硬币在里面，很不舒服。时间久了，脚被硌破了，走起路来一瘸一拐。父亲知道后，并没有训斥我，只是帮我取出那几个硬币，送还给了店家。父亲对我说：不要为了几枚硬币而硌坏了自己的脚，那样走出的路会歪歪扭扭。

在我临近高考的那段时间里，父亲下岗了，又在出苦力干活时被重物砸断了腿，对于我们来说，父亲的倒下就像天塌了一样，可是父亲依旧快乐着，在给自己削拐杖的时候还哼着歌，丝毫没有被命运击败的迹象。

面对母亲的愁眉苦脸，父亲开导她说：这腿过几天就好了，现在我可以利用这几天好好养养身子，身子结实了，就是本钱哪！到那时我再把钱给你加倍地挣回来。

母亲对父亲的贫嘴没办法，只好由着他在那里哼着并不好听的歌。

父亲本来就是一副书生的骨架，受过伤之后，再不能干重活了。他就买了一头毛驴，拴上一个简易的车棚，穿梭于大街小巷，收一些居民家中的废弃物品。路过垃圾堆时顺便捡些破烂儿卖钱。父亲的吆喝很有特点，他会编一些诸如"酒瓶子，易拉罐，搁在家里是破烂儿，给我就能把钱换……"之类的顺口溜，不时牵惹出居民的欢笑。

父亲早出晚归，每个黄昏，我看到的都是他一瘸一拐沉重而疲惫的身影，可是他看到我时又总会在脸上绽放一堆灿烂的笑。父亲就是这样，不论生活如何困顿，他总能找到快乐的理由。他的逻辑是：穷人吃豆腐和富人吃海鲜一样香，穷人穿棉袄和富人穿貂皮一样暖和，富人花大钱，穷人花小钱，都是一样地活着。

父亲一边擦拭着脸上的汗水，一边摩挲着我的头，很"男人"地说："放心吧孩子，老天不会让我们总是待在冬天里！"

感谢上帝，没有给老虎插上翅膀

19岁那年，我高考落榜。在那些灰暗的日子里，我整天蜷缩在家里，无所事事。生活仿佛走进了死胡同，青春的一切美好都离我远去，包括那些曾经令我热血澎湃的梦想。我像一个输光了一切的赌徒，一夜之间变得一无所有。巨大的空虚吞噬着我，我的灵魂飘忽不定，居无定所。

我开始自暴自弃，妄图毁掉生活中一切完美的东西。每毁灭一样东西，我都会幸灾乐祸，洋洋得意。母亲的苦口婆心于我形同虚设，父亲的严词厉语也没有丝毫作用，渐渐对我生出绝望之心。

二龙家的玻璃是茶色的，很漂亮，我就让它碎几块；冬子的山地车很酷，我就常常给它的轮胎放气……我活得不自在，你们也别太快乐，这就是我当时唯一的想法。

所有人都躲避我，我没有朋友，就连头顶上的那个上帝，每天也是对我摇头叹气。

按说,比我惨的人很多,比如隔壁的四虎就是个彻头彻尾的倒霉蛋。一年前在建筑工地被重物砸断了右腿,一辈子离不开拐棍了。刚住了几天医院,包工头就迫不及待地给了些补偿金,打发他回家。在归途中,他又被劫匪抢走了藏在内裤里的钱袋,最后靠要饭才回到了家。可是倒霉的事情还没结束,回到家后他发现家里冷冷清清,原来,他的老婆早已经弃他于不顾,另谋生路去了。

取笑这个倒霉蛋,成了我每天的必备节目。有时候,我会趁他睡觉的工夫把拐棍偷走,让他求我,这样我就可以要求他给点儿"小费"买皮蛋吃。我也知道,他靠编筐挣点儿钱不容易,可是我就像潘多拉盒子里跑出来的魔鬼一样,每天不停地在他身上搞恶作剧。奇怪的是,他竟然不和我生气,总是笑呵呵地"哀求"我把拐棍还给他。他宽容的后果,就是让我变本加厉地使坏,恶魔在心底似乎根深蒂固了。

和我相反,他的院子每天都很热闹,人们喜欢到他那里和他聊天,他一边编筐一边和人说笑,脸上看不到一丝悲苦。我就对他说:你都残疾了,老婆也跟人跑了,你怎么还笑得出来?没想到他语出惊人:老天爷不给你碗,你难道就不吃饭了吗?

我知道,我说不过他,也没办法打击他,他似乎是一个麻木的人。

但事实很快证明,他也有情绪低落的时候,因为我看到了他的眼泪。

那天,我听到他吹起了笛子,尽管依旧是欢快的曲调,却飘荡出一种忧思。一只鸽子飞到了他的房顶上,那是他曾经养过的一只鸽子,灰白相间的鸽子,他认得,丢了很久之后又飞回来了。我用石子打它，却怎么打也打不走。这一次他是真的急了，冲我大喊，让我不要赶走它，我看到他的眼角潮湿，亮晶晶的液体流了出来。于他，那是多么珍贵的珍珠啊！我竟然被他吓了一跳，从来没看见过他这个样子。我躲进屋子里，看见他把自己吃的米拿出来撒到地上，慈爱地看着他的鸽子在那里一粒一粒地啄着。然后，就开始给鸽子做起窝来，一边做一边哼着难听的小曲儿。我想这只鸽子一定勾起了他的伤心往事，或许他在想，老婆会不会也像这鸽子一样，失而复得呢？

四虎依然快乐地生活着，他的院子里依旧热闹，鸽子也是上下翻飞，自得其乐。除了那个小小的"插曲"外，看不到他有一丝异样。但就是这个小小的细节，让我窥探到了他的精神世界。他不是不懂得疼，而是在用乐观消解着人生之痛。

那些天，我的耳畔反反复复地回荡着他的话：老天爷不给你碗，你难道就不吃饭了吗？

他是一个多么值得敬佩的人。我第一次有了这样的想法，并且开始为自己的种种行为感到可耻。我不再捉弄他，在一个晴朗的早晨，搬来一个梯子，偷偷把他做的鸽子窝放到了他的屋檐上。

父亲多次让我去他工作的工厂打工，我都不去，但那天晚上，我主动提出来要去上班。父母都很讶异，父亲还主动拥抱了我。

非洲有句谚语说，不要抱怨上帝创造了吃人的猛虎，相反，我们应该感谢上帝没有给老虎插上翅膀。非洲人相信命运，按照他们的说法，如果你运气好，打猎的时候"那该死的猎物连你的咳嗽声都听不见"；如果走了背运，连头顶上的水罐都会无缘无故地裂开。不过，他们对此依然表现得异常乐观。他们会说："如果头顶上的水罐裂了,那就趁机洗个澡吧。"按照此种逻辑,我是不是可以这样理解我现在的处境:我没有车子,意味着还有很多很多的车子等待我去挑选;我没有工作,意味着还有很多很多的工作可供我去应聘;我没有房子,意味着还有更漂亮更舒适的房子可供我选择……我一无所有,意味着我可以拥有一切。所以不管生活多苦,都笑一笑吧!哪怕只是为了抚慰一下疲惫的灵魂也好。

早上照镜子的时候,发现自己又会微笑了。没有考上大学,也不意味着无路可走,只不过是换了一条道路而已。父亲骑着破旧的自行车,我坐在后面,竟然轻轻哼起了小曲儿。估计和四虎哼的一样难听,要不然父亲怎么会在前面笑个不停呢!

那天夜里,我梦到了上帝。他有些措手不及,他无论如何也想不到,我这个连他都无力改变的不可救药的人,怎么转眼像换了个人似的!这个终日里对我摇头叹气的小老头儿,终于咧开嘴龇着牙笑了。

令我惊讶的是,他笑的时候,竟然和四虎一模一样。

总统在忙，请您稍后再拨

一连好几个晚上，都接到了岳父打来的电话，但只是响一声就掉线了。妻子在"未接来电"中看到是父亲打来的，赶紧拨回去，就听到岳父在电话那边充满歉意地说，不小心摁错了键。怎么一次次地总是摁错键？妻子在心中想，看来父亲真的是老了。

妻子和姐妹们说起这事儿的时候，没想到她们竟然也是屡屡收到这样的"未接来电"。岳父手机上的通讯录里，只有他的五个姑娘，摁错键的概率一天比一天大。对此，大家也都习以为常了。

岳父没有儿子，只有五个女儿，这也算是他此生最大的遗憾吧。年轻的时候，他是那么想要个儿子，所以才有了这么多姑娘。每个姑娘的名字中都带个"弟"字，可愣是没能带来一个有把儿的弟弟。他一下子泄了气，干什么都提不起精神来，别人问起来，他就说，反正不用惦记着给儿子娶媳妇，挣那么多钱干吗，够吃够穿就行了。

岳父对几个女儿一直不太喜欢，在他心里，他宁愿用这帮丫头去换一个带把儿的。可是这老了老了，人就变了，几天见不到女儿们回来，就惦念得不行，一颗心七上八下的没个着落，在院子里团团转，被岳母撞见，骂他"老贱灯"，狠狠地数落一番。

岳父不喜欢孩子，几个丫头从小到大他一次都没抱过。连带着现在他当姥爷了，对外孙外孙女们也是不理不睬的。可是我却看见过他慈爱的一面，那时孩子刚满月，他趁屋里没人的时候，进去抱了抱孩子，冲孩子做了个鬼脸，还在孩子的脸蛋上亲了一下。被我撞见，岳父的脸"刷"地红了，放下孩子，嘴里嘟囔着："我想看看这孩子到底有多沉。"

岳父生日的时候，我们送给他一部手机，费了好大的劲儿才教会他怎么使用。从此，这部手机几乎没离开过岳父的身体，就连晚上睡觉，都要放到枕头边上。我们告诉他手机有辐射，睡觉时不要放到枕头边上，对身体不好。他不听劝告，他说："我这耳朵背，怕你们来了电话听不到。"

平素里岳父几乎不怎么打电话，可是每月的电话费却不少。询问缘由，竟然是被吃费了。原来，最近岳父的手机经常会接到一些陌生电话，总是响一声就断了。每次，岳父都会不假思索地照着来电显示拨回去，结果就被吃掉很多话费。都说"吃一堑，长一智"，可岳父就没长这个记性，总是一次又一次地上当受骗。岳母气得骂他"猪脑"，他却振振有词：万一孩子们有急事，碰巧自己的手机又没电了，借别人的手机打来的呢！

这种概率是多么小，可是岳父却甘愿为了这万分之一的概率上当受骗!

有一天,我们和岳母说起岳父最近总是拨错电话的事儿,岳母狠狠地骂了句:"这个老憨驴,他是故意的。"

怎么会故意?

"他的性格你们还不知道啊,一辈子死要面子,可是又想你们,就想出这么个招儿。真亏他那个猪脑想得出来。"岳母开玩笑说,"估计是从那些吃费电话里学来的吧。"

"老东西,有个手机不知道咋显摆好了。"岳母顺便给我们讲了一个有趣的事:"有一天,他和老伙计们一边打扑克一边唠家常,争相夸自个儿的孩子孝顺。他故意溜出去挨个儿摁你们的号码,然后就挂断。打扑克的时候,他就有显摆的了。你们一个接一个地打来电话,弄得他比总统还忙,却跟那帮老东西卖乖:这帮丫头们,没事儿总打什么电话嘛!"

公平的阳光

每个人都有那样的日子吧,前途黯淡,心灰意懒,每天怨天尤人,将自己封闭在黑暗潮湿的角落里,不肯向那有光亮的地方回眸,任凭一颗心生满苔藓。

我便是其中之一。直到有一天,在一个西瓜摊儿前听到一对父女的谈话,心上的苔藓才开始慢慢地滑落。

正在埋头吃西瓜的女儿问了父亲一个很值得深思的问题,她问:"为什么有的西瓜甜有的西瓜不甜呢?"

父亲回答说:"甜的西瓜是因为被阳光照耀的时间长。"

"那地里的西瓜不是都在接受阳光的照耀吗?"

"是啊,阳光是公平的,它一视同仁地照耀着那些西瓜,可是有的西瓜怕热,自愿待在阴影里,不肯接受阳光的照耀,所以它们就不甜。"

我很佩服这位父亲，能"润物细无声"地教育孩子，并且他的话对我同样适用，令我有一种醍醐灌顶的感觉。

"那我将现在这个不甜的西瓜的籽，明年种到地里，它结出的瓜还会甜吗？"女儿接着问。

"当然，上帝给每粒种子的机会都是平等的，是成为成熟的西瓜还是生瓜蛋子，就看其后天的努力了。"父亲回答。在他看来，西瓜也有心。有的心是坚强的，有的心是懦弱的。

上帝赐予世界几粒沙子，人把它变成一堆眼屎，蚌把它变成几颗珍珠。同样的，上帝给每人一副牌，有些人拿到了好牌，沾沾自喜，得意忘形，很有可能因为疏忽而输掉了牌局；有些人拿到烂牌，却认真地去打每一张牌，就有赢的可能。

无论何时何地，都要有一颗向上的心！有时，你屈居阴暗的谷底，是因为你放弃了攀登，凭什么指责阳光不肯普照呢？

第三辑 见到美,请行个礼

我们徜徉原野,贪婪地嗅着花香,那份陶醉就是在向花朵行礼;我们仰望天空,借月亮的银辉思念远方的亲人,那份虔诚就是在向月亮行礼;我们驻足阳台,用柔软的白云做的手帕来慰藉在尘世奔波劳碌的心,那份宁静就是在向云朵行礼……

和生命拉钩

那时我在医院做阑尾手术，5岁的女儿像个小大人似的跑前跑后地照顾我，让疼痛不知不觉地渐渐远离了我。她就像一个小小的太阳，走到哪里，就在哪里点燃一个春天，哪里就会春意盎然、鸟语花香。女儿的乖巧使得病房里的每个人都很喜欢她，尤其是邻床的一个老太太，看来是个重病患者，行动很不方便，连说话都很吃力的样子，可是每当看到我的女儿的时候，她的一双眼睛便闪着光亮，跟着她的身影不停地转动。

女儿也喜欢她，偷偷跟我说她像死去的奶奶。她常常爬到老人的床上去，缠着她讲故事。老人的故事很好听，就连我们这些大人有时候都会听得入神。但是很显然，她很累，每讲完一个故事，额头上都会沁出一颗颗豆大的汗珠来。但每隔一会儿，她又会把女儿叫过去，接着给她讲故事，她知道这是唯一可以让孩子坐到她床边的办法。在讲完第五个故事之后,她咯血了。护士一边批评她一边给她按摩,她憨憨地笑着说:"俺只想跟孩子多说会儿话。"

医生说她的病情非常严重,现在就是靠药物来维持着。当初是一个好心人救了她,把她送到医院来的,她靠拾荒为生,一个亲人都没有,拿不出钱来治病。医院已经为她垫付了2000多元了,医院召开了紧急会议,就是否继续为老人提供无偿治疗展开讨论,最后大多数人都认为那是一个"无底洞",医院毕竟不是慈善机构,大家商量的结果是决定给老人停药。

停药就意味着宣判了她的死刑。在拔掉那些针管之前,几个善良的医生凑钱给她买了身新衣服。在给她穿上新衣服的时候,护士们低声和我们说,或许那是她的最后一个夜晚了。

她也意识到属于自己的时间已经不多了,她和护士说出了她的心愿。

谁都没有想到,她最后的心愿竟然是想搂搂我的女儿。连她自己都觉得这个要求实在"过分",谁会和一个将死的人躺在一个被窝啊!当医生向我们转达了她的愿望的时候,我们甚至来不及思考就一口回绝了,女儿不明就里,大声嚷嚷着要去,说想听奶奶讲很多很多好听的故事。我完全可以理解一个没有亲人的老人将死之时的那种孤寂,那是比死亡更可怕的黑暗,可是我不能,也不敢让我的女儿那么小就那么近距离地懂得死亡的含义。我叫家人把孩子领回去,孩子撇着嘴,很不情愿地跟着家人离开了。忽然,她像丢了什么东西似的又跑了回来。她来到老人床边,在老人耳边小声嘀咕着什么,还神秘兮兮地把手伸进老人的被窝里。我们看到,老人微笑着向她点了点头,仿佛她们之间已经达成了某种默契一样。

小小的太阳走掉了，病房里顿时变成了萧瑟的秋天，处处弥散着衰败和哀伤的味道。

那个夜里，我很难入睡。我在想自己是不是太自私了，一个孤苦无依的老人，在她生命的最后一晚，想得到片刻的温情，而我没有给她，我掐灭了她生命里最后一丝火苗。想到这里，我不禁有些愧疚起来，朝她那里望过去，借着月光，我看到老人的身子不停地抖动着，但是没有一声痛苦的呻吟，我想她是在死亡的边缘挣扎着吧，却没有一个人，没有一双手可以帮帮她。那个夜晚很平静，老人没有因为死亡的临近而感到惊惧，窗外的月光反而比往常更美丽，我不停地在想一个问题：女儿和老人偷偷地说了什么呢？

第二天早晨，护士来给老人把脉，发现老人的脉搏跳动正常，老人还活着，而且呼吸竟比前些天顺畅了许多。

第三天，老人说她有饥饿的感觉了。她喝了我的家人为她熬的鸡汤。

接下来的几天里，老人一天比一天好了起来，让人不可思议的是，她能自己支撑着坐起来了。这在我们这个医疗水平十分落后的城市，完全可以称得上是一个奇迹。

一周后，女儿来了，她给老人带来了一个毛茸茸的布娃娃，她说那个布娃娃就是她，让奶奶晚上搂着睡觉，就和搂着她一样。老人的眼睛又开始闪着光亮，跟着她的身影不停地转动。

女儿忽然"严肃"了起来，她握住老人的手，当着所有人的面，对我说："爸爸，我又有奶奶了，我想让奶奶回家去住。"

我被这突如其来的"郑重决定"弄了个措手不及。女儿说她离开医院的那天，跟老人许下了一个诺言，她让老人等着她再来。她要给她一个大布娃娃,还要认她做奶奶。"说话就要算数,我们还拉钩了呢。"女儿怕我不同意,强调说:"拉钩,上吊,一百年不许变……"

我使劲儿地点了点头,眼里满含泪水。为老人,也为我的女儿。那一刻,我觉得小小的女儿是那样伟大,她让我们这些大人们感到汗颜。

院长听说了女儿和老人拉钩的故事之后,又一次召开了紧急会议,决定尽全力医治老人的病。"就算是为了一个孩子纯真的心愿。"那是院长在会议上说的最后一句话。

这个世界上每天都有奇迹发生,但我亲身经历的这个奇迹,更加让我刻骨铭心。它是由一个孩子和一个老人共同创造出来的。

老人出院,住到我们家来。女儿终于如愿以偿地睡到了老人的身边,她又缠着老人讲故事了,老人有些累,说:明天给你讲两个,把今天的补上。"好,拉钩。"我又听到女儿说:"拉钩,上吊,一百年不许变。"

这个5岁的小小的太阳,将老人的世界照耀得生机盎然。

夜里,我过来给她们盖被子,我看到那双嫩嫩的胖乎乎的小手和那双骨瘦如柴的苍老的手握在了一起,像一幅摄影作品,极尽和谐之美。像这个世界某个地方正在完成的某种仪式,向我昭示着一种生命的真谛:生命需要爱来传递。爱,会让生命生生不息。

花香满径，芬芳满心

有一种花香，从人的心灵散发出来，让灵魂的每个角落都芬芳无比。

上中学的时候，一个和我一起上学的同伴让我难忘。我们同校但不同班，因为学校在5公里外的小镇上，而且要翻过一座山才能到达，所以每天早上天还没亮就要上路。我的胆子小，每次都主动和他搭伴上学。

他也很乐意和我一道去上学。在路上，我们不仅可以互相交流学习的感受，还可以一起背诵课文。山路漫漫，一路上我们有说有笑，那么远的路也就不觉得累了。

就那样，我们共同挨过了许多辛苦的时光。

可是初三的时候，事情忽然变得有些蹊跷起来。他开始变得有些怪怪的，虽然依然和我一起走，却不再和我一起背诵课文，也没什么话和我说，一路上都很沉闷。而且每次走的时候他都要带上一把柴镰。面对我的疑问，他支支吾吾地说：山里有野兽，带上它没准会派上用场。更奇怪的是，每次到学校他都让我一个人先进去，放学也见不到他的人影，因为放学时离天黑还早，我也就没特意找过他，总是一个人回家。但他的行为还是引起了我的注意，我想这里面肯定藏着什么秘密。

我偷偷地来到他的家，无意间听到了他和父母的谈话，才知道因为交不起学费，他辍学已经半年了。每次带上柴镰是要顺道砍一些柴火回去。

我的心，顿时被感动塞得满满的。

第二天，我装作什么都不知道，依然去找他一起上学。他依然带着他的柴镰，在天刚蒙蒙亮的时候上路了。我给他讲我们班里的新鲜事，讲我在书上学到的新课文，不时听到他憨憨的笑声。

又一个春天来临的时候，我的中学生涯结束了，我即将去更远的地方念高中了，在学校住校，不能再天天回家了。临走的时候，我与他道别。我说其实我早就知道你辍学了，为什么不告诉我呢？他有些不好意思地说："那段山路你一个人走确实让人不放心。刚开始没跟你说，最主要的原因是怕你瞧不起我。怕你不愿意再和一个辍学的人做朋友。后来习惯了，就当是锻炼身体了，而且和你走路很有意思。"

"你知道了真相为什么不揭穿我呢？"他反过来问我。我说："每个人都有尊严，不告诉你，是想让你觉得我们永远是平等的。"我向他伸出手去，"不管将来我们活成什么样子，我们都会是一辈子的好朋友。"

他使劲儿握住我的手,又一次憨憨地说:"让我再陪你走一段路吧……"

山上的花草已经开始苏醒。他又一次陪我走过了那段长长的但已是充满花香的山路。

他陪我走过的,是一段山路,而我陪他走过的,是一段心路。我们彼此温暖过,也彼此芬芳过。

花香满径,芬芳满心。

唤醒朵儿的心

女儿的学校组织学生去女子监狱进行感化教育,在那里,每个学生都有机会和那些犯了法的女犯人们面对面地交流。女儿回来和我说,她头一次看到女犯人,并没有想象中的那么坏,相反,她觉得那里的阿姨都很可怜,"不能穿漂亮的裙子,不能梳好看的辫子,唉,早知今日何必当初呢!"女儿一边叹息一边像个小大人似的替她们惋惜着,脸上一副忧心忡忡的模样。

老师让学生与女犯人结了对子,定期来监狱进行"心灵救赎"。与女儿结对子的女犯人三十岁左右,"长得好看,很慈祥,一点儿也不像个坏人。"这是女儿对她的评价。她摩挲着女儿的头说:"我的女儿也像你这么大。"她说她贪污了信用社里的钱,她说她只想着给孩子安排好灿烂的前程,没想到,竟然身陷囹圄。她说她很想见女儿一面,可是女儿写信来,嫌她是劳改犯,同学们常常嘲笑她。女儿恨她，不肯见她。

她说她的女儿叫"朵儿"。鲜花一样的朵儿，每个夜晚都在她的梦里盛开。

女儿问了朵儿在哪所学校，她想帮帮和她结了对子的阿姨。她觉得既然结了对子，两个人就是好朋友了，她有责任帮她的朋友。

女儿果真找到了朵儿，并不像她妈妈说的那样——鲜花一样的朵儿。相反，她觉得这个朵儿有些萎靡不振，有点儿自暴自弃。她对朵儿说，去看看你妈妈吧，她很想你。可是朵儿一下子变了脸色，她说她不会去看妈妈的，她说她心里的妈妈已经死掉了。

女儿坚持不懈地去了好几趟，都是无功而返。无论女儿说什么，朵儿就是不肯去看她的妈妈。

女儿回家，一脸愁容，向我讨法子。我想到了一个办法：我给了她几粒花籽儿，让她告诉朵儿，是她妈妈捎给她的。如果种子发芽了，就说明妈妈一定会改过自新，重新做人，朵儿就要答应去看妈妈。

女儿把我的想法告诉了朵儿，朵儿同意了。

"把这个花盆放我家吧，我替你看着，等发芽了我告诉你。"女儿对朵儿说，朵儿点点头。

从此，这两个小人儿就多了一份差事，每天放学后都会跑到我家的阳台上，精心地照顾她们的花籽儿，焦急地盼着它早日发芽。她们一边写作业一边和花盆里的种子聊天，她们固执地认为，种子能听见她们的话。她们对着花盆喃喃低语，似乎在与它彼此承诺着什么。女儿自信地说，种子听了我的话，它一定会很快发芽，很快开出鲜花来的。女儿也会把朵儿妈妈的近况绘声绘色地讲述给朵儿，告诉她，妈妈是如何地想念朵儿。每一次，都会把朵儿说得掉下很多眼泪来。

有一天，天空阴得厉害，我接到了女儿打来的电话。她在电话那边气喘吁吁地说："爸，你快回家一趟，把'朵儿'拿到屋子里，我怕下大雨，把'朵儿'淋坏了……"女儿把她种下的花籽儿也叫"朵儿"，或许她觉得，那种下的本来就是朵儿的心吧。圣旨已下，多忙的事情也得靠边站。我知道，那个花盆里孕育着一个心灵的世界，我不敢怠慢。

过了大概有十多天，"朵儿"终于颤巍巍地露出头来，在那个清风徐徐的早晨，它左瞧瞧右看看，对这个陌生的世界充满好奇。

女儿一个劲儿地揉着眼睛，不敢相信这个事实。她捧着花盆，和那个初出茅庐的小家伙打着招呼："'朵儿'，让我领你去看你的妈妈，好不好？""朵儿"点点头。

朵儿的心，就那样发芽了。

我帮女儿找来一个罐头瓶子，把"朵儿"罩上，瓶子里沁出一粒粒生命成长过程中的汗珠。

又一个"感化日"来临，她们俩拿着那盆花，来到监狱。

女儿回家对我说，她看到朵儿的妈妈搂着朵儿哭得像个泪人似的。她还看到朵儿一会儿哭一会儿笑，她说她们娘儿俩，就像一大一小两朵开得正艳的花。

从那次"感化日"后，老师为孩子们布置了新的任务，让每个学生都养一盆花，送给与自己结成对子的阿姨。

"爸爸，'朵儿'会开花吗？"女儿问我。

"每一粒花籽儿都是一个沉睡的生命，"我对我的女儿说，

"你已经唤醒了它,那么它就一定能够开出世界上最艳丽的花。"

女儿若有所思地点点头。

我知道,女儿小小的心已经开花了,因为她唤醒了爱的种子。

季夫老师的精神钙片

季夫老师是我的语文老师,也是我初三时的班主任。他贫穷、瘦弱,像一粒干瘪的种子。

父亲说,季夫老师是我们村子里的第一个大学生,他应该留在大城市的,不该回来。

我的父亲是季夫老师在这个村子里唯一可以谈心的朋友,"是啊,不该回到这片贫瘠的土地上来,做了一粒干瘪的种子。"季夫老师在和父亲喝完酒后,偶尔也会表露出他的遗憾。但更多的时间里,我感受到的是他对我们孜孜不倦的爱的教育。

在我的印象中,季夫老师始终是个干干净净、轻轻盈盈的人,甚至于走路不带起一粒尘土,举手投足不扇起一阵微风。一件中山装已经洗得发白,却总是板板正正,没有一丝岁月的尘灰与褶皱。

他喜欢给我们讲故事,并通过一个个故事传递给我们做人的道理。听他的故事，如同泉水滋润心灵，干净，清凉。

他讲的课也是干净的。教书的时候，他心无旁骛。课堂变成了他一个人的舞台，他在那里忘我地演出，而我们的好成绩便是献给他的掌声。

我是作为留级生才有幸来到季夫老师的班级，得以接受一生难以忘怀的教育。

那时，我在骨子里瞧不起留级生，可是没想到，自己有一天也做了一回"墩级包子"。为了能够考上县里的重点高中，在父母的一再坚持下，我只好选择留级。我忐忑不安地来到班级，季夫老师是这样向同学们介绍我的："让我们大家向他祝贺，同一个年级读两次，他是幸运的。因为他可以收获两倍的同学情。"同学们真诚地为我鼓掌，我真诚地向他们鞠躬。

那是我既艰苦又美好的初三生活。

中考前的一个月，季夫老师和家长们商量，让学生们吃住在学校，以便全力备考。那一个月是我生命中最难熬的日子，常常由于紧张而失眠。为了保证学生们能安然入睡，季夫老师每天临睡前都给我们吃一粒安定片。直到顺利通过中考，没有人怀疑是这一粒小小的安定，给了我们莫大的帮助。考试成绩揭晓了，我们班是全校考得最好的，15个人考上了县重点高中，其中包括我这个留级生。那天，季夫老师很激动，并告诉了我们一个秘密，说他每天给我们吃的只不过是一粒钙片而已。

季夫老师的钙片，让我们的精神之树无比茁壮。

季夫老师，一肩明月两袖清风，因为干净而清贫，也因为清贫而干净。其实他本不必如此清贫的，他在城里的一个位高权重的老同学有意帮他走出这个小村子，去更广阔的天地。他很倔强，他不走，他说他是扎根在这村子里的一棵老树，换了地方就会水土不服。

他不走，他把一切都留在了这个村子里。他在这里出生，也在这里逝去。

暑假回家的时候，我听到了季夫老师去世的消息，父亲和我说，季夫老师是在讲台上晕倒的，他的一辈子都是在这讲台上度过的。

我去了季夫老师的讲台，依稀能够感觉到他的呼吸。我看到黑板上依然留着他的笔迹，那是他为孩子们上的最后一课：有的人死了，他还活着……没想到，这几句诗歌竟成了他的悼词。

多么贴切的悼词！

其实季夫老师是太过劳累了，师母常年卧病在床，里里外外都需要他一个人来打理；对学生们，他又是倾尽全力培养，他透支了自己的生命。那一刻，我真正懂得了呕心沥血的含义。

季夫老师，从没有大声地与我们说过话，但他的声音却能深深地穿透我们的灵魂。

季夫老师，整天一副弱不禁风的样子。但羸弱的他在黑板上写字的时候，却是颇有力道的，他能写出一手漂亮的正楷，规规矩矩的字，像他的为人，堂堂正正。

季夫老师，这粒干瘪的种子，是我们的精神钙片。

见到美,请行个礼

中国围棋的领军人物常昊当年在中日围棋擂台赛上崭露头角,以其优雅的举止谈吐和完美的棋风赢得了棋迷的喜爱,就连他的对手武宫正树在赛后都向赢了自己的常昊深深鞠了一躬。在赛后的新闻发布会上,记者特别问到了这个鞠躬的含义,武宫正树说:"见到美,是要行礼的……"

小泽征尔在指挥阿炳的《二泉映月》时,眼里闪烁着晶莹的泪花。他一定是听懂了阿炳的心音,想象着阿炳如何孤独地面对着泉水拉琴,他完全洞悉了一个在黑暗中流浪的音乐家内心凄苦的哀叹。

小泽征尔的眼泪,是对阿炳和他凄美音乐的一种敬礼。

伊拉克战争期间,我在报纸上看到了一幅拍摄于战火纷飞的伊拉克的照片。照片上一位美丽的新娘正在婚纱店试穿婚纱,她身后则是战争留下的满目疮痍，与之形成了强烈的反差。更让人感动的是图片底下那段文字说明所交代的背景：新娘刚刚布置好的新房被炸掉了，所有人都以为她会推迟婚礼，但她没有，她说炮火不会阻挡她的爱情。当时城里的美军到处在搜索伊拉克的武装分子，每个人都高度紧张，但看到了婚纱店里美丽的新娘，那些荷枪实弹的美国士兵纷纷放下手中的武器，干脆坐在地上，或嚼着口香糖，或吸着雪茄，兴致勃勃地欣赏了起来。

战争没有让美消亡，那些士兵对她的品评和欣赏，是另一种方式的敬礼。

美有着不可战胜的力量，发生在古希腊的一则故事充分证明这一点：

芙丽涅是当时雅典最美的女人，在祭祀海神的节日里，借洗礼仪式之名，她裸体从海水中跳了出来，面对着祭神的人们，因此她以渎神罪被法庭传讯。富有戏剧性的是，在审判时，辩护师希佩里德斯让被告在众目睽睽之下揭开衣服裸露躯体，并对在场的501位市民陪审团成员说：难道能让这样美的乳房消失吗？最后，法庭宣判被告无罪。19世纪法国画家让·莱昂·热罗姆还以此为题材画了一幅油画《法庭上的芙丽涅》。画中的芙丽涅以臂遮面。白玉般的身体在辩护师蓝色外套的衬托下显得格外圣洁。背景和中间幽暗部分的处理把女主角凸显了出来。她的姿势是典型的希腊式的，微微扭动的身子，使曲线的韵律更加丰富。芙丽涅的表情楚楚可怜，且有几分羞涩，显得格外娇媚动人。站在一旁的辩护师的姿势和表情异常严肃、坚定，美的高尚和不可亵渎的意志均在他的姿势、表情中得到体现……

我们徜徉原野，贪婪地嗅着花香，那份陶醉就是在向花朵行礼；我们仰望天空，借月亮的银辉思念远方的亲人，那份虔诚就是在向月亮行礼；我们驻足阳台，用柔软的白云做的手帕来慰藉在尘世奔波劳碌的心，那份宁静就是在向云朵行礼……

红尘中的人，发现美已属不易，为美行礼的人更是寥寥无几。就像油画《法庭上的芙丽涅》中所绘的那样：在看到芙丽涅美妙的身体时，众法官的脸上除了怜悯和领悟之外，还有贪婪、呆滞的目光以及讶异、失措的表情，这充分显示了在美面前的人生诸相以及人性的复杂与矛盾。

如果你与美相遇，请不要忘了行礼。

捆绑苦难

在那次关于矿难的采访中,我接触到一位被双重苦难击中的中年妇女:瞬息之间,她失去了丈夫和年仅18岁的儿子。

她在一夜之间变成孤身一人,一个家庭硬生生地被死亡撕成两半,一半在阳光下,一半在尘土里。

两个鲜活的生命逝去了,留下一个滴着血的灵魂。悲伤让她的头发在短短几天就全白了,像过早降临的雪。

头发可以重新染成黑色,但是,堆积在心上的雪,还能融化吗?

那声沉闷的巨响成了她的噩梦,时常在夜里惊醒她。她变得精神恍惚,时刻能感觉到丈夫和儿子在低声呼唤着她。

同样不幸的事情还有很多,一个刚满8岁的孩子,父亲在井下丧生,在上面开绞车的母亲也没能幸免于难,强大的冲击波将地面上的绞车房震塌了,他的母亲在被送往医院的途中离开人世。

在病房里,我们不敢轻易提起这场噩梦。这使我们左右为难,主编给我们的采访任务是关注遇难职工家属的生活,可是我们真的不忍心再掀开她的伤口。她那苦难的心灵简直就是一座随时都有可能爆发的悲伤的火山。

我们沉默着,找不到可以安慰她的办法,语言在彼时显得如此苍白无力。

由于过分悲伤,她整个人都有些脱相了。但是最后还是她打破了沉寂,在得知我们的来意后,她说,活着的人总要继续活下去的,但愿以后不会再有矿难发生,不会再有一幕幕生离死别的悲剧。

我在笔记本上收集着那些苦难,那真是一份苦差事。每记下一笔,都仿佛是在用刀子剜了一下她的心。那一刻,我的笔滴下的不是墨水,而是一滴滴鲜血和一滴滴眼泪。

当我问她对于以后的生活有什么打算时,她做出了一个让我们意想不到的决定,她要收养那个失去父母的孩子。

"我不能再哭了,我要攒点儿力气,明天还要生活啊……"在她那里,我听到了足以震撼我一生的话:"我没了丈夫和孩子,他没了父母,那就把我们两个人的苦难绑到一块儿吧,这样总好过一个人去承担啊。"

把两个人的苦难捆绑到一起,那是她应对苦难的办法。厄运降临,她没有屈服,她在这场苦难中懂得了一个道理,那些逝去的灵魂只会让活着的人更加珍惜生命。

短短几天的采访结束了,临走的时候,我去了她的家,我看到她把院子收拾得干干净净,几盆鲜花正在那里无拘无束地怒放,丝毫不去理会尘世间发生的一切。那个失去父母的孤儿正在院子里和一只小狗快乐地玩耍。我如释重负般松了一口气，抬头就看到房顶的炊烟又袅袅地飘荡起来了，那是在残酷的绝境中升起的炊烟啊，像一根热爱生命的绳子，在努力将遭受重创的人们往阳光灿烂的方向牵引，虽然纤弱，但顽强不屈。

我知道，在以后的生命中，无论身处怎样的困境，我都会坚强地站立，因为我知道，曾经有一个人，用她朴实的生命诠释了苦难的意义。

把两个人的苦难捆绑到一起，苦难便消解了一半。

满世界荡漾的琴声

那天去学校接女儿放学,她给了我一个莫大的惊喜。

她老远就开始奔跑,边跑边向我大声地炫耀着:爸爸,我获奖了!

原来是女儿参加了学校的才艺大赛,她的口琴表演得了一等奖。女儿扬着脸,骄傲地问我如何奖励她。我说,走,去吃肯德基。她一下子蹦得老高,直呼"老爸万岁"。

从肯德基出来,女儿又嚷嚷着要去夜市溜达。难得她有这么好的心情,况且明天是周末,我便说,好吧,正好一会儿去看你妈妈的演出。她欢呼雀跃,手舞足蹈。孩子总是那么容易满足,你给她打开了一扇窗子,她便仿佛拥有了整个世界。

让女儿安静下来的,是街边那个跪着乞讨的小女孩。作为一个望女成凤的家长,我自然不肯放过这个教育她的好机会:"你看,这是个比你不幸的孩子,你刚刚吃了肯德基,可她却要在这里跪着向人们乞讨。"

"她为什么要跪着呢?"女儿问我。"因为她要博得别人的同情和怜悯。"我不知道这样的教育能否起到作用,只是看到女儿忽然安静下来,似乎在思考着什么。

我看到她在自己的书包里翻腾了半晌,然后拿出那个帮她获得一等奖的口琴,向我征询道:"我可以把这个送给她吗?"

为什么是这个呢?我有些不解。为什么不是给她零钱或者食物呢?尽管有些疑问,我还是点头答应了。女儿拿着口琴,放到胸口,思忖了一会儿,仿佛下了很大的决心,慢慢向那个乞儿走去。

毕竟那个口琴是新买的,她有些爱不释手。

我听女儿对那个乞儿说,有了这个口琴,你就能演奏了,你就可以不做乞丐了。我妈妈就是给人家弹琴挣钱的,用挣来的钱给我买好衣服穿,领我吃肯德基。

我看到女儿像模像样地手把手当起了"师傅",教那个小乞儿吹了一首《世上只有妈妈好》。别说,那忧伤的曲调还真能赚人的眼泪。

我"配合"着女儿的善举,买了一个小折叠凳给小乞儿,告诉她以后不要再跪着,要坐着吹口琴。

女儿叽里咕噜地和她说了很多,然后伸出她的小拇指,和她拉钩。原来是女儿答应她,每天放学之后都会到这里来,教她半个小时的口琴,直到她学会为止。

尽管那天她吹的曲子五音不全,但我还是从兜里掏出一张10元面额的纸币,轻轻放到她面前的小纸箱里。她站起来,欲向我道谢,我说:"这是你的劳动所得,是你应得的。"我只是想让她明白，从那一刻起，她已经不是乞丐了，而是一个自食其力的人。

这个时候，我发现女孩的身边慢慢聚集了很多人。那些匆匆忙忙的人都放慢了脚步，因为听到了女孩的琴声。我看到有些人把手里的零钱放到女孩面前的纸盒里，然后摸摸她的头，一副爱怜的样子。那是个充满温情的场景。我想那些听了琴声的心灵，哪怕是获得了片刻的宁静，也是一种收获啊。有爱才有了琴声，我发现那断断续续、稚嫩而又美丽的琴声如同汩汩而出的泉水，正在慢慢注入一些人的灵魂。

而这一切的"始作俑者"是我的女儿。此刻，我们要去看妻子的演出，我们正在通往酒店的路上。

妻子一直在一个大酒店拉小提琴。我已经很久没去听她演奏了。我们在角落里找了两个座位坐下，位置并不显眼，但妻子还是看到了我们。她开始演奏，我清清楚楚地感觉到妻子眼中闪现的温柔。

优美的琴声像早春的雨，<u>丝丝缕缕</u>，滋润着万物，滋润着心灵。

一起回家的路上，我和妻子说起女儿今天的善举，妻子对女儿赞不绝口。女儿早已在旁边飘飘欲仙了。我轻点着她的额头说，现在可好，我这耳朵里被你们弄得全是琴声，满世界都是琴声了。

旅行的母爱

春节回家的时候，为了给家人一个惊喜，只说了个大概的时间。可当我满心喜悦地提前3个小时到家的时候，我看见母亲早已站在村边的路口，身上落满雪花。我惊讶地发现，那么多的苦日子都没有击倒母亲，可是现在，轻盈的雪花，却将母亲的脊背压弯。我一边替母亲拍打着身上的雪，一边埋怨她不该在大冷天出来接我。母亲不停地为我搓着手，从她粗糙的手掌上传递过来的温暖，让冰天雪地里的我，感觉像跳跃在春天的枝头。

由于我的工作性质特殊，每年都要到处行走。上半年在广州，没准下半年就在上海或者哈尔滨了。随着我辗转各地，母亲的心也跟着我满世界旅行。电视节目里，母亲最关注的是天气预报，我在哪个城市，她就会看哪个城市的电视节目，关心哪个城市的天气。有一天早上我还没起床，母亲就打来电话，让我多穿点儿衣服，说今天会变天,气温会下降5℃。我听了她的话,套上厚厚的衣服出了门,一上午热得我汗流浃背,不住地在心底埋怨老妈。可是下午的时候,果然变了天,骤然起了风,看着满街的人都竖起衣领,瑟缩着身子,我又开始佩服起母亲来,她的天气预报甚是灵验!

邻居们在一起聊天,谈到广州那边的新闻,母亲就会凑上去听,因为她的儿子在广州;母亲迷迷糊糊似睡非睡的时候,听到新闻联播里播出云南连降暴雨的消息,一个激灵坐起来,把声音调大,要听个仔细,因为他的儿子在昆明;在公园里晨练的时候,听到太极功友们聊起广西特大车祸的时候,她凑上去,详细打听其中的细节,因为他的儿子在广西……母亲的心就这样跟着她的儿子到处游走。

我每到一个城市,都会在第一时间接到母亲打来的电话。她对这个城市的了解似乎比我还多,她会不假思索地说出这个地方的名胜古迹,甚至一些风土人情。因为我,母亲快变成一个"纸上谈兵"的旅行家了。我在讶异的同时,也感到深深的暖意,因为我知道,为了孩子,母亲的心翻山越岭,一刻都不曾停止过她的牵挂。爱,使她游走各地,踏遍千山万水,从来不知疲倦。

蔓延的花香

有一天,对面邻居在楼道里放了很大的一盆花。看样子好像是要扔掉。我是个爱花之人,况且新搬来这个楼没多久,家里还没有置办一盆花,便想把它要来。我试着去敲那家的门,门开了,一个穿着睡衣的男人好像没睡醒的样子,一张脸仍然被好梦和噩梦纠缠着。

"不好意思打扰你了,我是对面新来的邻居,来和您打个招呼。"

"哦,你好你好。"他使劲儿甩了甩脑袋,试图把瞌睡虫赶跑。

"我想问问您,门口的这盆花,是否可以送给我呢?"

他犹豫了一下,然后微笑着说:"当然当然,如果喜欢你就搬回去好了。"

我乐不可支。他主动帮我把那盆花抬了进来。

我围着那盆花,搓着手,龇着牙,左看看,右瞧瞧,怎么看也不像有病的样子啊,疑惑着那家人为什么要把它扔掉呢。

不一会儿,我听到有人敲门,打开门看到是对面的他。他手里拿着一个小喷壶,对我说,我家里有好几个浇花的小喷壶,我昨天来,见你家里没有花,知道你肯定没有这个,省得你买了,送你一个。我连声道谢,这邻居,真是热心肠的人。

过了没多大一会儿,又有人敲门了。我开门,看见还是他。

"不好意思啊,打扰你休息了。"他说,"那盆花吧,这两天生小虫子了,明天你去花店买点儿驱虫药啥的,免得你家里到处都是那种小飞虫。"

我不禁感慨,这年头,这样热心的邻居还真是太少了。我是多么幸运,能与之为邻。

妻子回来,看到这盆花,喜欢得不得了,问我花多少钱买的,我说是对面邻居家要扔掉,我要回来的。

"真是个不爱花的人,这么好的花,怎么说扔就要扔掉呢!"妻子一边用纸巾轻轻擦拭花的叶子,一边小声嘟囔着。

"就是啊,谁像你,简直就是个花痴。"我取笑她。

就在这时,我听到对面有人敲门,继而听到了一段令我脸红的对话。

"老公,给我开门,我忘记带钥匙了。"

门开了。

"老公,你把花搬回去了?"

"没有,那盆花让我送给对面的邻居了,他刚搬来,家里一盆花都没有,人挺好的。"

"那可是我最喜欢的一盆花啊,你怎么能送了人呢?我让你把它放到楼道里,是为了让它散散身上的霉气。没想让你送人啊。"

"没事,只要能爱护它,花放在哪里又有什么关系?"

"唉,你呀,就知道自作主张。算了,送了就送了吧,总不能再去要回来。"

……

我愣住了,原来人家并没有准备扔掉啊,这事弄的。我的脸红得像灿烂的晚霞,妻子却乐得前仰后合。

"把花还给人家吧,如果人家为这个事吵起来就不好了。"妻子说。

可是我真的挺舍不得的,当作没听见,不就完了吗?得,不管了,要送也明天再说吧。

"咚咚咚",又有人敲门,唉,这一天啊,这门就没消停过。

我通过猫眼看过去,看到是对面的两口子,我想完了,这女的一定是要她的花来了。

我开门,那女的一脸笑容说道:"这盆花啊,挺不好养的,我这个本上记录了它的一些习性,你们看看吧,希望能有点儿用。"

"谢谢,谢谢……"我和妻子着实有些慌了,竟然忘了请他们进屋来坐。

"对了,忘了告诉您,"她在关门的刹那,又一次探出红扑扑的脸来,"那盆花啊,估计要开花了,这几天不能浇太多的水……"

转身回来,看着那盆花,我和妻子无形中竟感到了一种责任和压力。这不仅仅是一盆花,更是一颗有些偏执的爱花的心啊。

仔细端详那盆花,确实全身都挂满了花蕾,虽然还没有开放,但我们似乎已闻到了浓浓的花香,正满世界蔓延开来。

每朵雪花都有一颗尘心

一场雪,使冬生干净无比。那些龌龊的恶念一下子从他脑海里跑得没了踪影。

而在那场雪降临之前,冬生的心一直被它们纠缠着。他紧张地尾随在一个女人身后,像个瑟瑟发抖的幽灵。一路上人很多,他苦于找不到下手的机会。女人走进巷子的时候,天色渐渐暗了下来,冬生把手伸进怀里,摸了摸他的匕首,他想,该动手了。

那个女人是一个大型公司的策划部经理,冬生的顶头上司。冬生尾随她的目的,就是要报复她,因为她毁掉了他的前程。由于疏忽大意,冬生被竞争对手利用,中了人家的圈套,泄露了公司的机密,女上司对他发了狠话,铁了心要解雇他。他的希望破灭,大好前程一下子就塌陷了。这不仅仅是他一个人的灾难,更是父亲母亲乃至全村人的灾难,因为他是村里唯一一个在大城市里过着体面生活的人。每次有老乡来城里找他办事,他都会爽快地替他们办好,搭钱搭力搭时间,他没有怨言,因为老乡们满足了他内心小小的虚荣:他是全村人的骄傲,承载着父母和全村人的无限期望。然而现在,罩在他身上的那些光环慢慢褪去,渐渐裸露出一颗猥琐的心。

他恨他的女上司,恨得直咬牙根,他想到了报复。只要灭了她的口,就不会有人知道他犯下的低级错误,他就会继续过他的白领生活。

不让我好过,你也别想过好日子。这是冬生现在满脑子想的问题。可就在他掏出匕首的时候,天上飘起了雪花,他心底的仇恨不自觉地躲闪开来。因为母亲和他说过,他是由雪接生的,所以对雪有一种特别的感情。他出生的那个冬天,下着漫天的鹅毛大雪,使生活窘迫的家雪上加霜,母亲却说,那些纷飞的雪是好兆头,是为了护送他才来这个世界的。那天,自来水管冻坏了,父亲便从外面端来一盆盆雪,烧成了热水,把他顺利地接到这个世界。从此,雪在冬生的生命里就有了深层次的意义,每次下雪,都是他的心最柔软的时候。那些六角形的小花瓣,被他在灵魂深处小心翼翼地珍藏着,不容玷污。每次见到雪,他就像见到自己心爱的女人一样,变得格外温顺,哪怕是天寒地冻,也会令他感到别样的温暖。

"我不能在这么洁白的雪上,留下自己肮脏的脚印。" 雪越下越大,渐渐触及他的灵魂。冬生打了一个冷战,在心底对自己说:"我犯了错,就应该勇于承担。一切还可以重新开始。"

他扔掉了匕首,如释重负。

女上司回头看到了他,有些讶异。请他到家里坐,他手足无措,只想快些逃离。

"今天我的情绪有些激动,下午我一个人坐在办公室里想了许久。虽然你犯了一个很低级的错误,但你也是受害者。这些年,你为公司做了很多贡献。如果你不怨恨我的话,还是回来工作吧,我们需要你。"

冬生呆立在雪里,不敢相信命运的柳暗花明。这时的世界,万千色彩都凝聚成白色,所有的激情都躲进门槛。那些来自物质社会的欲望和烦恼都被雪埋掉,只剩下心脏的跳动和灵魂深处久久无法散去的愧疚。

传说每朵雪花都有一颗尘心。雪化掉了,那颗尘心就留在了人的身上。像一粒种子找到了泥土,在尘世热闹而朴素地生长。不知道雪花是否会为失去轻盈的翅膀哀伤,反正现在他是不想飞回雪花的来处了,他想,那里一定是冰凉的天堂,比不得这万象更新的人间。

这场恰逢其时的雪,使冬生笃信:雪落到尘世,是来净化人心的。

如果不是这场雪,他会犯下多么可怕的滔天大罪啊!冬生不禁打了个寒战,感到后怕。他断定这场雪是来拯救他的,如同当初为他接生一样,让他的灵魂重生了一次。

雪,扫去了冬生心上的雾霾,装点了一个里里外外坦诚而纯洁的世界,让一双黯然失神的眼睛从中找到了希望。

雪,会在傍晚消失,一颗重生的心,却在这个纷繁的世界有力地跳动,永不融化。

母亲的风景

母亲的糖尿病越来越严重，导致她的视力迅速下降。我们做了种种努力，去了很多医院都无济于事。看到我们愁容满面，母亲竟主动开导起我们来："就算看不见东西了也没啥，不耽误吃不耽误喝，而且还看不到你们毛手毛脚的，也省得我唠唠叨叨，还不好啊！"我们苦笑，我们都习惯了她的唠唠叨叨，从最初的厌烦到后来的接受，再到如今的眷恋，母亲的唠叨已成了我们灵魂里的音乐，不敢想象，等有一天她不再唠叨，我们的生命将会失去多少可爱的音符。

哥哥姐姐们商量着要带母亲去旅游，只想让她在失明之前看看更多美丽的风景，为她的记忆添加更多值得回味的东西。那样，她的记忆总不至于太枯燥吧。我主动提出领着母亲去，因为平时太忙，数我陪母亲的时间少，而且兄弟姊妹当中，母亲其实是最偏爱我的。

我把工作安排好，请了两个月的长假，准备陪母亲去游览祖国的大好河山。母亲自然是欣喜万分，不住嘴地唠叨起来："你平时那么忙，这怎么说请假就请了这么长的假呢，快和妈说说，是不是工作不顺心了？"

"工作再重要也没有陪妈妈重要。"从小就嘴甜的我总能哄妈妈高兴。

我们背着大包小包上路了，一路上，因为母亲眼神不好，照顾起来十分不便，但我仍然很快乐。母亲看我忙里忙外的，很是内疚，在车上尽量不喝水，因为怕上厕所。

北京、西藏、云南……两个月里，我带着母亲去了很多地方，母亲每到一个风景胜地，都如饥似渴地睁大已经有些模糊的眼睛使劲儿地看着，努力想把整个世界都看进眼里。我则不停地为她拍照，母亲在每一个镜头里都笑靥如花。

那一刻，我感觉母亲年轻了许多，脸颊上仿佛镀着少女的红晕。

每次回到旅店，母亲都要从头开始，一点一点把当天看到的风景在脑海里过一遍。

"知足了，一辈子都没看过这么好的风景。"她喃喃地说。

母亲多容易满足啊。我不禁心生愧疚，平日里忙来忙去，总是抽不出时间陪母亲看看风景，现在醒悟了，母亲的眼睛却累了，就要关紧这扇窗户了。

路走多了，母亲的腿肿胀得难受，我为她打来热水泡脚，一边为她按摩，一边兴致勃勃地计划着下一站要去哪里。母亲听着听着就睡着了，我不知道，自己这样的强迫算不算一种不孝，因为这样的奔波实在让母亲有些吃不消。

好比是强行往母亲的脑海里塞一些记忆的碎片,这到底有没有意义呢?

我也累了,很快就睡着了。迷迷糊糊中做了很多梦,梦见了小时候,手握着风车,和母亲一起在田野里飞奔,母亲把我高高地托起,转着圈儿,阳光被卷进风车里,一朵朵阳光像棉花糖,温暖甜蜜得让人晕眩……不觉得在梦中吃吃地笑出声来,睡眼蒙眬中感觉到一双手被暖暖地握着。是母亲,她安静地坐在我的床边,我偷偷地把眼睛眯成个小缝儿,看见母亲使劲儿地大睁着眼睛,定定地看我,仿佛要把我整个儿地印进心里去。想起儿时,母亲也是习惯这样看我的啊,那时候经常停电,母亲总是拿着蜡烛,到我床边来,总是要认真地看我一会儿,直到我睡着,在梦的波浪里卷起幸福的鼾声。

我的眼泪不由得流了出来,在母亲眼里,自己的孩子才是世界上最美的风景啊,可以令她美滋滋地看着,一生都看不够。

我忍着不让母亲看到我醒来,我喜欢让她握着我的手,这双沟壑纵横粗糙干硬的手,牵引的却是我温暖幸福的一生!

第二天,我们养足了精神,接着去看风景。在半山腰,我们坐下来,我问母亲今天的风景好不好,母亲说:"儿啊,就算妈看遍了天底下的风景,也不如看你啊!只要有你在,哪里都是好风景。"

是啊,这就是母亲!她看到的哪里是什么风景,她看到的全是孩子的一嗔一笑。当你牵着她的手,就像小时候她牵着你的手一样,她知道她得乖乖地听话,她不能辜负了你的这份孝心。

这就是母亲,就算摸索在黑暗的谷底,也会用力握紧孩子的手。如果我觉得寒冷,她宁可敲碎自己的骨头,为我燃起一堆大火,让我取暖。

我知道,从出生的那一刻起,我们就已深深地烙印在母亲的生命里,即使母亲失明了,儿女们也是她时时可以见到的风景。

原来,母亲的记忆从来就不需要填充,因为孩子们早已将那里占得满满的,不留一丝缝隙。

每个人的世界都不大

其实,每个人的世界都不大。

朋友的父亲去世,我去参加葬礼,或许是经历的生死太多,那里的悲伤并没有过多地感染我,直到那一幕出现。

起灵的时候,亲人们与逝者告别,我们要围着遗体走一圈。这时候,忽然听到一声撕心裂肺的号啕,是朋友的姐姐,她一下子扑到遗体上,哭喊着:"爸,你咋变得这么瘦这么小啊?"一颗心就这样陷进悲伤里了,眼泪再也止不住地流了出来。想想,如果那个变得又瘦又小的人,是自己的亲人会怎么样呢?我想到我的父亲,他本来就那么瘦小,如果有这么一天,他会变成什么样子啊?

不敢去想。

父亲前几日刚刚做过一个前列腺手术,手术成功了,可是父亲整个人瘦了一圈。瘦骨嶙峋的他躺在病床上,半夜里忽然醒来,看到头顶的吊瓶，紧张地问：三儿，你们谁怎么了？怎么打上吊瓶了？父亲是发烧发糊涂了，他不记得是自己做了手术。我们告诉他，是他在住院。他呆愣了很久才缓过劲儿来，惊出了我们一身冷汗。真担心前列腺治好了，脑子却坏了。

他看着我们陪护，却没有地方休息，就打发我们回家去住。拗不过他，大哥自己留下来，我们回母亲那儿住。

几天来，母亲身心俱疲，人也瘦了不少。我们怕吵醒她，蹑手蹑脚，尽量不发出一点儿声响。父母住的是平房，房中有一盘很大的炕。每次我们回来，母亲都会早早地为我们铺好被褥。褥子总是铺好几层，厚厚的，软软的。她说城里的床都是软乎乎的，怕我们住不惯这硬硬的土炕。

我看到偌大的炕上，只有母亲一个人蜷缩在炕头，像一小捆稻草。

我的心忽然疼得厉害。真担心有一天，父母去了一个，剩下的另一个，就这么孤零零地吃饭，孤零零地睡觉，情何以堪！

母亲觉轻，一丁点儿的响动都会把她吵醒。母亲看见我们回来了，很高兴，要为我们做夜宵吃。看着我们有些红肿的眼睛，她乐呵呵地劝慰起我们来："有啥啊，你爸不就是做了一个小手术吗？这马上就能出院回家了，你们啥都不用担心，家里有我呢，你们该忙什么忙什么，别耽误了工作。"

母亲的背驼得厉害，她的头正在不停地向她的脚丫子使劲儿，我想，大概哪一天，这头和脚丫子开了碰头会，母亲也就去了，正好是一个句号。

看到我们依然郁郁寡欢的样子，母亲又开始唠叨起来："就算有一天你老爸先走了，你们也别为我发愁。我就当这老家伙去旅游了,他这辈子就喜欢在外溜达,他不回来,那肯定是碰到让他流连忘返的好风景了。那就让他溜达个够。"

我知道,母亲这是故作豁达来开导我们。她是多么怕失去父亲啊,那是她生命中最不可割舍的依靠。

但不管怎样,母亲的话还是让我们感到宽慰。好好活着吧,至少在离去的时候,不留遗憾。

人生就像两个半天,上午很努力地生长,下午不情愿地枯萎。成人之后,每个人,每一天,都在变小,直到住进那方小小的木盒里。

有些人,一厢情愿地希望把自己变大,用金钱和权势扩充着自己的世界,开最昂贵的车,住最豪华的房,吃最美味的餐……他高高在上,威风八面,梦想着永远做物质世界里的巨人。但时间是冷酷的,它不允许你变大,它只会让你变小。

葬礼之后,朋友为答谢大家,在酒店备了几桌筵席。在悲伤的气氛里,人们都已失去了食欲。朋友让我讲几句话,若在以前,我是断然不会在这么多人面前讲什么话的,因为我是个笨嘴拙舌的人,不知道该说什么。但这次我没有拒绝,我毫不犹豫地接过话筒,说出了下面的话:

人世间,有谁不是踩着悲伤的调子,向前奔走的?

无论你是富贵还是贫穷,无论你是伟大还是平庸,无论你两手空空还是手握耀眼的权杖,每个人,每一天,都在不停地变小、变小。

就如同这个上午,我们刚刚送走的这一位老人。

我们为他祈祷,更要为他祝福。

他逝去的时候，阳光灿烂，我们要祝福；

他在去往天堂的路上，我们要祝福；

他临终的时候，儿女们都在身边，我们要祝福；

他走得很安详，很释然，我们要祝福；

他没有带走尘世的任何一样东西，所以他变得很小，变得很轻，这样才能更好地升入天堂，因为天使们也都是很轻的，所以，我们要祝福。

逝去的人已然逝去，活着的人还要好好活着。因为好好活着，才是生者对逝者最大的安慰！

朋友们，请好好活着。

梦是夜的花朵

最近孩子睡觉特别早,而且总是说梦话,像是在和一个人聊天的样子。

自从孩子的妈妈去世后,我感觉到她明显地变得不愿意说话了。以前那个好动的女孩子一下子变得文文静静,连走路似乎都没了声响。我多么希望她还像以前那么淘气啊,到处翻弄她收藏的"破烂儿",自己玩"过家家",把自己的屋子搞得像个猪窝,让你跟在她的屁股后面不停地收拾和埋怨。现在,她的屋子干干净净的,却少了一份孩子该有的活泼。

在妻子离去的日子里,思念常常撕咬着我的心。但我尽力不让女儿看到我的悲伤,我总是趁洗脸的时候,把泪水偷偷地运送出去。但孩子似乎一下子懂事了,她怕惹得我伤感,很少和我提起她的妈妈。甚至,她书桌上那张她妈妈的照片也被她翻到了背面,正面是依然阳光灿烂的她的笑颜，可爱的她在花丛中璀璨得如一只欲飞的蝴蝶。

我给她租各种动漫碟片，在电脑上下载游戏，想尽办法让她玩儿。可她好像突然对这些都不感兴趣了，每天回来就埋头写作业，心无旁骛。然后就嚷嚷着要睡觉。

对于女儿的变化，我有些惴惴不安，担心长此以往，孩子会生病的。周末的时候，我领她去吃肯德基，她一个劲儿地问我几点了。我对她说，今天是周末，作业可以明天写，今天晚上可以多玩一会儿。她却执拗地坚持原则，用不容商量的口气对我说，8点半必须到家。到家后，孩子看了看表，连澡都没洗就迫不及待地钻进了被窝。我有些疑惑，女儿小小的心里似乎隐藏着什么秘密。

我想孩子的心理一定出了毛病。我偷偷领她去看了心理医生。医生说她是典型的忧郁症，是由于失去了最亲近的人所导致的。医生建议我多陪陪孩子，那样有利于孩子早日从伤心的泥沼中爬上岸来。

她生日的那天，我领她去溜旱冰，难得看到她那样高兴。女儿聪明，学什么都快，我带了她两三圈，她就能自己慢慢滑了。看着女儿像一只刚刚长出翅膀的雏燕，跃跃欲试，学着飞翔，我的眼底蓄满了泪水。孩子，这才是你应该过的生活。那些生存的苦难，不是你这样一颗幼小的心灵应该承受的啊！

可是她并没有忘记她的睡觉时间，滑了一会儿，她就问我几点了。我故意骗她说刚刚7点。她玩得很开心，笑声璀璨，如圣诞的烟花。

回到家，她看到闹钟上显示已经10点多了，马上问我是不是她的闹钟出毛病了。我摸着她的小脑袋，笑着说："傻瓜，爸爸骗你的。今天是你的生日,又是周末,我想让你多玩一会儿。爸爸很久没陪你了……"没想到她还没等我说完,就"哇"的一声大哭了起来,令我手足无措。

"今天是我的生日,妈妈看不到我,会伤心的……"她哭着说,"在医院最后一次看妈妈的时候,妈妈在我耳边说,每天晚上9点都会到我的梦里来看我,我们还拉了钩呢。"

原来,这就是孩子所有的秘密!

我眼前浮现出临终前妻子那张苍白虚弱的脸上尽力露出的微笑,看到她艰难地伸出她的小指,和女儿拉钩,许下她们永久的诺言。

她们约定:每天晚上9点,在梦中,不见不散。

为了这个约定,女儿始终坚持每天晚上9点之前睡觉。

我为女儿铺床的时候,一眼便看到了她的妈妈。原来,女儿把妈妈的照片镶到相框的背面,是为了能在睡觉的时候更近地看到她啊。看来,我们一直都未曾失去什么,我们依然可以快乐地活着。梦真是一件神奇的宝贝!白天丢掉的,在梦里可以捡拾回来;现实中没有的,用梦可以补上。

夜里,我蹑手蹑脚地来到女儿的小屋,小心翼翼地给她盖好被子。我怕惊动她,她现在一定在和她的妈妈玩耍,或者赖在妈妈怀里缠着妈妈给她讲故事呢。我看着她甜甜地微笑着的脸,在那个梦里,慢慢绽放成花朵。

陌生的康乃馨

母亲节的时候，母亲意外地收到了一个陌生人送来的一束康乃馨。里面夹着一封信，信封上写着：妈妈收。

哦？这是你们俩谁出的鬼点子？母亲一边微笑地望着我和姐姐，一边好奇地打开了信封。

您不知道我是谁，但请允许我这样称呼您，妈妈！

我就是那个在您的小摊边犹犹豫豫的小女孩，我手里攥着5毛钱，想买一根雪糕，可我的作业本用完了，这5毛钱还可以买两个本子呢。我望着您小摊上的雪糕，舔着自己干裂的嘴唇，不忍离开。您看到我了，给了我一个大大的雪糕，还催促我快点儿吃，说，再不吃，就被太阳公公给吃了。我笑了，那个雪糕真甜啊，上面有浓浓的奶香。

哦，原来是那个可怜的"小不点儿"。母亲说她最见不得孩子可怜的样子，那楚楚可怜的模样着实让人心疼。母亲接着往下读，眉头却慢慢皱了起来，满是疑问。

您不知道我是谁，但请允许我这样称呼您，妈妈！

我就是那个在您的小摊边摔倒的淘小子。我在大街上滑旱冰，滑得太快了，不小心撞到了您。可您却赶紧把我扶起来，送到诊所去。您的伤比我严重多了，医生要给您包扎，您却说，大人皮厚，小孩皮嫩，先给孩子包扎吧。您摸着我的头，温柔地责怪我说，淘小子，以后可不许再在大街上滑旱冰了。撞到我算你好运，要是撞到汽车，小命就没了。

母亲想起了这个淘小子，从医院出来以后，就没有再见到他。"没想到他还记得我。"母亲自言自语，却愈发地糊涂了，那么送花的到底是那个"小不点儿"还是这个"淘小子"呢？

更大的谜团在后面。

您不知道我是谁，但请允许我这样称呼您，妈妈！

我就是那个断了双腿，只能爬着走路的小乞丐。那天，您不仅给了我钱，还递给我一个大大的饭盒，那是您的午餐。等我吃完这最香的一顿饭，您还给了我一副套袖，里面絮着厚厚的棉花。那是您用一个中午的时间做成的，您说看到我的胳膊流血了，一定很疼。让我以后"走路"的时候套上它，就不会再磨破胳膊了。

真的不是你们两个搞的鬼？母亲望着我和姐姐，再一次问道。我和姐姐也糊涂了，一个劲儿地摇头。此时此刻，我和姐姐除了疑惑，更多的是愧疚。母亲节，怎么就忘了给母亲送礼物呢？

那这个人到底是谁呢？他又是怎么知道我做过的这些事情呢？母亲忍不住接着往下看，真相渐渐浮出了水面。

看着您每天忙忙碌碌的身影，像极了我的妈妈。所以，我就把您当成我的妈妈，每天能看到您，心里就会暖暖的。所以，请您收下它好吗？母亲节，我很想很想送给我的妈妈一束康乃馨，可是她去了天堂……我一直把您当成妈妈，请您收下这束花，好吗？

母亲一下子想到是谁了。那是母亲的"跟屁虫"，母亲走到哪里，她就跟到哪里。那是个坐着轮椅的爱看书的小姑娘。她的妈妈去世两年了，她活在忧伤的潮水里，不能自拔。母亲一有空就和她聊天，逗她开心。时间长了，小姑娘开始依恋母亲了。

母亲做的那些事情，她都看在眼里，记在心中。

我和姐姐愈发地愧疚了，母亲做的这些事情，我们竟然一点儿都不知道。平日里我们只知道母亲很忙，忙得不可开交，忙得忘记了对我们说爱，以至于我们常常抱怨母亲。殊不知，母亲是如此伟大，让我们自豪。她忙忙碌碌，因为她是散播爱的天使啊！

我推开窗子，拿着那束康乃馨，对着正在院子里晒太阳的那个坐在轮椅里的小姑娘使劲儿地喊道："你的妈妈收到你的花了，你的妈妈让我告诉你，她爱你。"

小姑娘笑了，很灿烂的笑容，满世界姹紫嫣红。此时此刻，我和姐姐想对母亲说的话，竟然与那个小姑娘在信的末尾写的几乎一模一样："妈妈，如果世间真的有天使，那么我相信，您，一定就是圣母玛利亚。"

母亲的病友名单

母亲在肿瘤医院住院期间,认识了一些老姐妹。这些癌症患者经常在一起讨论各自的病情,时间久了,慢慢建立起一种相依为命的情感。临回家的那天,母亲与那些病友们相互留了各自的电话号码。

母亲眼神不好,回来后让我把那些电话号码工工整整地挨个儿抄下来。长长的一排,算上母亲自己,一共12个危在旦夕的生命。

从此之后,家里的电话忙得不可开交,几乎每天都有母亲的病友打来的电话,她们互相询问着病情,嘘寒问暖,相互鼓励,俨然成了天底下最知心的莫逆之交。

我真担心,如果有一天,那电话不再响起,母亲该会有多难过。

母亲每天都守着电话,害怕错过每一个病友的问候。我对母亲说:"电话上面都有来电显示,如果谁的电话没有接到,我们帮您回拨过去不就行了吗?"

母亲说："不一样的。如果我当时没有接，她们会担心我先走了，会难过的。"

我们决定给母亲买个手机，这样母亲就可以随时随地接听病友的电话了。我把那11个人的号码挨个儿存进了母亲手机的通讯录里，仿佛存进去一笔巨额财产。

那是一群在死亡线上挣扎着的人，她们共同筑起了一道生命的墙。

这让我想起了《辛德勒的名单》，不仅仅是母亲，病友中的每一个人都有一本同样的通讯录，那是她们要从死神手里抢回来的生命名单，每个人都是另一个人要拯救的对象。

起初，母亲是悲观的，在治疗上也不大配合我们，总认为自己迟早会死，在她身上花钱是浪费。我们用尽了各种办法使她振作，领她去听二人转，鼓动她参加秧歌队，可是都无济于事。后来，我们发现每次只要母亲和那些病友通过电话之后，就会变得开朗许多，心情舒畅。

所以，我们为母亲的手机多备了几块电池，保证母亲的手机一天24小时开着。一部小小的手机，分分秒秒传递着生命的讯息。

杨阿姨是12个人中最乐观的一个，其实也是病情最为严重的一个。她的癌细胞已经扩散到了全身。但每次母亲在情绪低落的时候打电话过去，杨阿姨都会兴高采烈地给母亲讲一些她的"奋斗"经历。每次通过电话后，母亲都会开心好一阵子，因为生命又有了新的希望。

又是一个阴雨天，母亲疼得厉害，心情变得很坏。我们赶紧替她拨通了杨阿姨的手机，杨阿姨爽朗的声音很快传了过来："喂，你好啊！我知道你是我的老姐妹。告诉你一个好消息，昨天去医院复查，医生说我的癌细胞控制住了，活个十年八年不成问题。我现在忙着打太极拳呢，不和你说了。改天再聊吧！"杨阿姨的话像连珠炮似的，没等母亲问什么，那边就挂断了。虽然母亲没跟杨阿姨说上什么话，但接到病友又一次战胜病魔的捷报，心里顿时敞亮了很多，感觉身体也不那么疼了。

直到有一天，母亲打电话给杨阿姨，这次接电话的是一个年轻人。他说："我妈妈去世已经半年了，她在临终前几天让我们替她在手机里录制了几段录音。告诉我们不许关机，免得你们打不进来电话。"说到这儿，年轻人有些哽咽，"阿姨，我不能再瞒着您了，这半年来，您听到的，都是我妈妈的电话录音……"

挂了电话，母亲的手开始抖了起来。母亲拿过那本通讯录，用笔轻轻地把杨阿姨的名字圈了起来。那一堵生命的墙，忽然就裂开了一个缺口。我听到母亲喃喃地说着："他杨姨啊，你先走了，过些日子，我去陪你。"

我们的心跟着凉了。母亲一直依赖着的希望没有了，她的心会不会就此沉进谷底呢？

结果完全相反，母亲的做法让我们所有人都感到惊讶。一辈子没跳过舞的母亲，让我们替她报名，她要参加秧歌队！

穿着大红大绿的母亲，样子很滑稽，扭秧歌的动作也很生硬，但不管在晨曦里，还是夕阳下，我看到的母亲都是最美丽的。我知道，母亲不仅仅是为她自己活着，她在为她的亲人们活着，也为那些"辛德勒名单"上的病友们活着，就像杨阿姨一样。哪怕让她们多活一天，都是一次成功的拯救。

病情又一次加重的时候,母亲虚弱得厉害,额头上沁出大颗大颗的汗珠。这个时候,母亲的手机响了,我们知道,肯定又是病友打来的。母亲颤巍巍地接过手机,看了看那个电话号码,马上示意我们安静下来,然后清了清嗓子,用比平常高八度的声音对着电话欢快地喊道:"喂,老姐姐,你好吗?我啊,我好着呢,刚刚扭完秧歌,你看把我累的,气喘吁吁,哈哈……"

我们含着眼泪听母亲在病床上撒谎。我们知道,杨阿姨走了之后,母亲终于成了那堵生命之墙上最坚强的一块砖。

惊心动魄的玫瑰

听同事说,他老家西山的墓地旁边有一片地,被人开垦出来,种植了大面积的鲜花。他激动地向我们描述花开时节的盛况:花团锦簇,蝶飞蜂舞,美得惊心动魄。我们都觉得"惊心动魄"这个词用得有些夸张。可他一再说,如果我们身临其境,也会用同样的词语来描绘。被逗弄的心,奇痒无比,就想一刻不停地赶到那里,闻一闻那万千朵花凝聚到一起的香,看看这馥郁的芳香会让一颗灵魂发酵成怎样的佳酿。

于是,当主任提出郊游的建议时,我们不约而同地想到了这个地方。我们迫不及待地要去赴一场与鲜花的约会。

惊心动魄!果不其然,当我第一眼看到它们的时候,第一个想到的词语竟然也是它。我见过很多大型的花园,但像这里全是清一色的红玫瑰的却很少见到。漫天的红色排山倒海般压过来,徐徐清风把花香一波波地送过来，整个山谷霎时间变成了一个小小的童话世界，令人陶醉。

遗憾的是，这种陶醉并没有持续太长的时间，便被一群商贩破坏掉了。他们在一起叽叽喳喳，似乎正在为鲜花的价格争论不休。

再美的花朵，和钱一沾边就变得不那么美了。当我们置身于这片花的海洋，惊艳之外，第一时间想到的便是估算这片花园的经济价值，并开始为主人聪明的经济脑瓜心怀嫉妒地赞赏不已。我们在心里拨弄着算盘：按照市场最低价格，一束花50元钱，那么这里的玫瑰至少可以扎出上万束花，那是多么巨大的一笔财富啊。

商贩们不停地往车上搬运着一袋袋采摘好的玫瑰，他们要抢在情人节之前将它们重新包装，发往各地，贩卖给尘世中那些涂脂抹粉的爱情，那些爱情需要靠它来装扮。尤其是北方，正在飘着雪花，需要玫瑰去温暖那些苍白、孤寂的灵魂。

花园的主人是一个上了年纪的老人，由于长时间的劳作，他的背驼得厉害，但从他布满笑容的脸上看，他的心情非常好。尤其是他在数钱的时候，眯缝着眼睛，那种贪婪的神态让人生厌。我想，一定是那些金钱让他笑得如此灿烂。那一刻，我感到他身后那排山倒海般的红正在慢慢褪色。

一些来晚了没有批发到鲜花的商贩不停地抱怨着，并跟在老人身后纠缠不休，原因是老人还有一块"不动产"，大约有一亩地。可是不管商贩怎样苦口婆心地劝说，并且把价格一再地抬高，也没有打动老人的心。老人很固执，只是一个劲儿地摇头。

"这老头，肯定是想把价钱抬得更高。"同事们纷纷议论。

庆幸的是，我们每个人都以批发价预定了一大捧玫瑰，准备回到城市点缀自己多姿多彩的爱情。付钱的时候，我忍不住揶揄着那个老人："挣这么多钱能花得了吗？家里还有什么人啊？"老人嘿嘿地笑了，"没什么人了，只有一个老伴儿，在那儿呢。"顺着老人手指的方向，我看到了一座坟墓。与其说是坟墓，不如说是一个被精心侍弄的花园。坟墓周围，盛开着大片火一样燃烧的玫瑰，有一亩地那么大，正是老人坚决不卖的"不动产"。

老人说，他的爱人在年轻的时候因为难产死去了，孩子也没有保住。他孤身一人打发着剩下的时光。老人的爱人生前最喜欢的就是花，各种各样的花在她的侍弄下都变成了可爱的精灵。她走后的日子里，那些花成了他唯一可以倾诉的对象。他每天对着它们唠唠叨叨，像她生前一样，每天把生活中的琐事含在嘴里，不停地咀嚼。他在她的坟墓旁边都种上了鲜红的玫瑰，他每天徜徉在花的海洋中，回忆他们没有走到头的一生。她在地下，他在地上，但阴阳两隔并没有阻止他们的交流，这些花就是他们之间的使者。一朵花落了，他就认定是她累了，要睡一会儿。一朵花恣意地绽放，他就认定是她醒了，要和他聊天，他就坐下来，把她生前津津乐道的话题一遍遍地重复着，唱那些她喜欢的老情歌，翻看一些褪了色的照片……在他眼里，那些花朵是会说话的，在他们之间传递着淡淡的馨香。

慢慢地，老人的玫瑰越种越多，就有人来这里买他的花，刚开始的时候他不肯卖，后来一想，自己也没有别的本事挣钱，这也算是一个不错的挣钱的途径，况且还可以每天在这里守着她。他就干脆在这里给自己盖了间小屋，每天守着那些玫瑰，快乐地过着余生。

这一次的惊艳胜过第一眼见到的花海，我们只在杂志上读到过这种浪漫的故事，没人敢相信这是真的。可是老人在，玫瑰在，那个小屋在，那个花园般的坟墓也在。"明年俺要把那片地也开垦出来，种子、肥料，到处都需要钱哩。"老人向我们指了指远处的一片地，雄心勃勃地说。

那些买到玫瑰的人有福了！这片土地上长出的花朵是献给真正的爱情的。它们会说话，但不是简单的海誓山盟。当尘世中涂脂抹粉的爱情纷至沓来，令人目不暇接的时候，我们需要用它们来为真爱添一脉芬芳。

这片玫瑰园从此成了我们每年必来的"心灵圣地"，当我们看到那些怒放的花朵，触摸到满地阳光的时候，仿佛觉得老人忙碌的身影上，<u>重重叠叠</u>都是旧日温馨的时光。老人老了，或许时日无多，但他的玫瑰还在，这些有灵性的花朵会蔓延成海，将城市里那些呆板、僵硬的植物纷纷唤醒。

老人累了，在花<u>丛</u>中打着盹儿。蜜蜂用它们的吸管存储着花蜜，蝴蝶用它们的翅膀运送着花香，老人的嘴里依然在不停地自言自语，仿佛是对他的老伴儿念叨着：睡吧，一切都在，一切都好。

第四辑　亲爱的向日葵

时光不会停止,哪怕你拿生命去贿赂,它也不会停留一秒。

但奇迹会发生,它让无常的人世变得多么奇妙而美好!

亲爱的向日葵

五一假期里,二妮的老师给他们留了特别的"作业"——做一件有意义的好事。

什么算是有意义的好事呢?她现在可没心思想这些,因为她马上就要辍学了。

几天前,本来就贫寒的家庭遭遇灭顶之灾:父亲在工地上摔成了残疾。顶梁柱倒了,全家人都靠着母亲一个人捡破烂儿维持着生计。她想,她不能再给家里增添负担了,她要去找活儿干,替母亲分担一点儿苦累。

她想,过完这几天假期,就算彻底辍学了。现在呢?最起码还不算吧。她这样安慰着自己,希望时光不要再往前赶,而是就此停住,那样她就可以永远做一个学生,保存一张向日葵般的笑脸。

既然我还是学生,那就该完成老师留的作业啊。她决定去做一件有意义的好事。

最后,她把目标锁定在一个孤寡老人身上。

那是个奇怪的老人,她不知道他有没有儿女,他的院子每天都是死气沉沉,不见他出来遛弯儿,也不见他和人来往,他把自己与这个世界完全隔绝开来。她想去帮他打扫打扫卫生,说说话啥的,这也应该算是有意义的吧,毕竟在帮一个老人创造快乐。

她说明了来意,老人很是欢喜,老人说,你不用帮我干活,你只要在我的院子里玩耍,我就能感觉到快乐了。

对于老人来说,二妮就像一只欢快的麻雀,顿时让他的院子热闹起来。二妮也感到老人很是亲切,像极了过世的爷爷。渐渐地,他们成了无话不谈的"忘年交"。

她为老人带去了欢乐,每天陪他说话、玩捉迷藏。二妮还把自己辛苦攒下的十多元钱都用到了他的身上。她不清楚自己为什么会对这个陌生的老人感到亲切,冥冥之中,他们好像有种牵扯不断的关联。她只想给他带去一丝快乐。但老人似乎并不缺钱,他试图给二妮一些零花钱,但二妮一次也没有要。

每天,看着二妮在他的院子里晃动的身影,老人就觉得生活变得热气腾腾的了。

二妮的心事只能和老人说,她和他讲学校里各种各样有趣的事情,还告诉他自己就要辍学了,说这话的时候,二妮的心底泛起一阵酸楚,眼底明显地泛着泪光。

老人安慰她说,别难过,一切都会好起来的,你一定要坚强乐观地把眼前的困难挺过去。

老人给了她一把向日葵的种子,对她说,去吧,把这些种子种到那个墙角去，等秋天的时候，我们就有瓜子嗑了。

她在院子里忙活起来，从种下向日葵的那一刻起，她的心便被某种神秘的东西拴住了，她甚至开始盼望，向日葵早日绽开笑脸。

什么时候能看到它们的笑脸呢？她问老人。

现在我就看到了，老人开玩笑说，你就是我的向日葵。

她灿烂地笑着，忘了明天是开学的日子，也是她永远离开学校的日子。

时光不会停止，哪怕你拿生命去贿赂，它也不会停留一秒。但奇迹会发生，它让无常的人世变得多么奇妙而美好！

就在二妮辍学三个月之后，她收到一封来自韩国的信：

亲爱的向日葵，你好！

当你读到这封信的时候，我已经在韩国了。儿女们动员了我很多次，我都不肯来，但这次我来了，是你使我改变了想法。你的快乐感染了我，使我将要荒芜的生命重新焕发了活力。我想，哪怕只剩一天，我也要快乐地活着。现在，我和儿女们在一起，我不知道这辈子还能不能回去了。你替我照看一下我的房子吧，向日葵成熟了，你别忘了去摘啊！另外我以你的名义存了一笔钱，用来资助你上学，直到你大学毕业。

最后，祝你永远快乐！

      一个因为你而感到幸福的老人

二妮的手微微地颤抖着，她向老人的院子跑去，院门没有上锁，她知道，那是老人给她留的门。

向日葵长高了，渐渐高过院墙，一张张笑脸无比灿烂。她站在向日葵下，抬头仰望着那些明亮的笑脸，忘了自己也有一张向日葵般的笑脸，镀着阳光的金色。

她想给老人写封回信，可那些感谢的话，对于她和他来说，显得有些多余。忽然间她想到，等向日葵成熟了，她要给老人寄一些去，除此之外，什么都不用说。她知道，老人会懂得这几粒葵花子所代表的全部含义。

二妮握紧拳头，为自己的想法激动不已！

加油啊！她和那几棵向日葵，在灿烂的阳光下，相互鼓励着。

岳母的洋葱

岳母是个地地道道的农村女人,风风火火的一个人,把每一天都安排得满满当当,简单的日子被她过得风生水起。在她的眼皮底下,家里的每个人都别想偷懒,因为家里似乎总有干不完的活儿。现在,她终于安静了下来,也不再起早,开始贪恋懒觉。因为她老了。

人老了,嘴却没有老,依然喜欢唠唠叨叨。每次和她的女儿们通电话,都会把电话打热了才肯罢休,大多是听她一个人在那里唠叨,她好像永远有说不完的话。她有五个女儿,她有操不完的心,这家生活困难了,她惦记着去帮衬;那家夫妻吵架了,她赶过去"斡旋"……不管谁家有点儿什么事情,她都会第一个赶到,时间久了,我们对她也产生了依赖,有什么事情,都喜欢和她商量,让她定夺。

深秋的时候,岳母感觉身体不适,去医院检查,结果查出了肺癌。我们都不敢相信，活蹦乱跳的岳母会得了绝症，并且已进入晚期。开始我们瞒着她，可是终究瞒不住精明的岳母，她从我们的眼神里看到了不安。她终于从医生口中套出了自己的病情，变得萎靡不振，人仿佛一下子老了许多。

这样下去对岳母的健康不利，我们想了很多法子，让她快乐起来。拿生活中很多活生生的例子给她当励志的教材，告诉她只要坚持锻炼，按时吃药，就会慢慢好起来的。岳母只是苦笑，这些自欺欺人的话在她那里起不到任何安慰作用。

我们接她来城里，替她报名，参加秧歌队，可是她去了几天就不去了，她说扭着扭着就没啥意思了。她还是喜欢乡下的空气。没办法，我们只好又把她送回乡下。

现在，我们听到更多的是岳母的叹息。她总说，她没用了。

岳父岳母去大连取药，特意为我们带了些海鲜回来，由于时间长，变了味道，我们不停地埋怨她，说跟这里的价钱也差不了多少，何必那么大老远的带这些东西回来。（岳母没出过远门，大连就算是她去过的最远的地方了。）岳母低着头，像做了错事的孩子似的一言不发，她也在心疼钱啊。只是，不管走多远，她都惦记着家里的孩子们，哪怕是一点儿稀罕的吃食，也要给孩子们带回来。

后来听说我们喜欢吃洋葱，她便开始在后山脚下刨出了一块"镐头荒"，清一色地种上了洋葱头。每日里不忘精心地伺候，然后我们每次回家，她都要摘一些洋葱头，洗干净，捆扎好，让我们带回家。直性子的四妹嚷嚷道：城里这东西有的是，集市上很多卖的，也不贵，你就别种了，少受那份累。岳母忽然有些愣怔了，像一棵僵硬的树，随风抖落了一些失落的叶子。我向四妹使了个眼色，四妹心领神会，赶紧改口："不过，街市上卖的没有妈种的好，妈种的洋葱个儿大，味道也重。"岳母转忧为喜，继而接着替我们装她的洋葱。

看着我们争先恐后地往家里带洋葱，岳母自然是高兴得合不拢嘴。她终于知道，自己还有用，我们都还用得着她。

其实，她不知道，她对于我们，是多么重要。每一次剥着岳母亲手栽下的洋葱，都会让我们泪流满面。那辛辣的味道，是洋葱难以割舍的心。

只要觉得自己还有用，她就会满足。这就是一个母亲的全部快乐。所以，不管什么时候，都要让母亲坚定地相信，她是有用的。这也是你所能回报她的，一种爱的方式。

步步登高的花

步登高，极俗极艳的一种花，像一个浓妆艳抹的女人，一个心地善良、怀揣着一切美好愿望奔波在滚滚红尘的女人。再大的风雨也冲刷不掉她的艳丽。她像一团火苗，有一颗始终朝向阳光生长的心。

第一次听到步登高这个欢天喜地的名字，是在小时候，是奶奶告诉我的。那时候家里很穷，常常是吃了上顿愁下顿，院子里所有能利用的地方都被开垦出来种上了蔬菜。可就是这样，奶奶仍然会在"黄金地段"辟出一块小窄条来，种几株这种叫步登高的花。奶奶说，种上步登高，会保佑我们步步登高，越过越好。

奶奶很虔诚，年复一年地种同一种花，仿佛种下了对未来的憧憬。

步登高，带着她瑰丽而又平凡的梦想，盛开在我们人生的花园里。在那个灰暗的年代，艳丽的步登高曾经点亮了我们心里一盏盏微弱而又灿烂的灯火。

很小的时候，我们懵懂无知。母亲说奶奶是地主出身，让我们和她划清界限。于是，我们总拿奶奶当敌人，越是奶奶喜欢的东西，越是要想法子破坏它。有一次，我故意绊倒了几棵步登高花，奶奶很生气地说我不懂事，然后把绊倒的花一棵一棵地扶起来，又用细绳绑在一根根小木棍上，细致呵护的神态像是在照料婴儿。我却躲在一旁，幸灾乐祸地笑。

奶奶不是我的亲奶奶，是爷爷后娶过来的。母亲与奶奶的关系不好，常常会剑拔弩张。爷爷在中间总是一言不发，他不管奶奶，也不训斥自己的儿媳，不过只要爷爷一出现，战事就会稍微平息一些，毕竟母亲是有些惧怕爷爷的。奶奶仗着爷爷这棵树，也算过了几天享福的日子。自从爷爷去世以后，境况就大不一样了，母亲没了顾忌，遇到不顺心的事就找奶奶的茬儿，奶奶也是个刚强的人，两人就你一言我一语，互相中伤，害得家无宁日。

受母亲的影响，我对奶奶的印象一直不好。奶奶喜欢干净，整天拿着扫帚扫来扫去，母亲就说她是"扫把星"，把爷爷克死了，还把我们朱家的财运扫跑了。她们吵架的时候，我自然是帮着母亲。为了母亲，我甚至骂过奶奶，我骂她老妖精，那是母亲嘴里经常冒出来的恶毒的词儿。

当然，母亲和奶奶之间也不完全是战争。母亲心情好的时候，对奶奶也会和颜悦色些。那时候，我就会被允许去奶奶屋里。我是很乐意去的，因为奶奶有一个神秘的大箱子。

在我眼里，那就是一个百宝箱。奶奶总会像变戏法一样地从里面翻出来很多好吃的，比如糖块，比如发硬了的蛋糕。奶奶拿着好吃的，一个劲儿地让我喊她奶奶。我使劲儿摇着脑袋，叫不出口。

奶奶很伤心的样子，却依然会把好吃的给我吃。其实那些东西都是奶奶生病的时候，邻居们送过来的，奶奶舍不得吃，放进了箱子里。到最后，都进了我这个小馋猫的肚子。对此，我却没有一丁点儿的感激，也没有因此而叫过她一声奶奶，毕竟母亲灌输给了我太多对地主和剥削阶级的仇恨。

在这样"战事频繁"的境况下，奶奶仍旧不忘栽种她的步登高花。我想，她在栽种步登高花的时候，一定是怀揣着心愿的。她最大的心愿大概就是希望母亲能宽容地对她，让她在有生之年再享受到一点点温情吧。

上初中的时候，我已经能够理性地看待奶奶和母亲之间的恩怨了。有一次，我看见奶奶拿着抹布不停地擦拭着爷爷的遗像，眼里噙满泪水。那一刻，情感的天平第一次倾向了奶奶这边。我忽然觉得奶奶很可怜。根据这里的习俗，死后只有原配夫妻才能葬在一起，奶奶不知会被葬到哪个孤独的山头上，与爷爷永世相隔，这是奶奶长久以来挥之不去的忧伤。

在我心里，奶奶一直都是很神秘的，因为她不会挣钱，却总能给我一些零花钱。奶奶是怎样攒下钱的，是一个无人能解开的谜。奶奶常常询问我的学习情况，如果哪次考试考了满分，奶奶就会格外地多奖励我一些零花钱。为了奶奶的这个奖励，我在无形中努力学习，这或许是我一直以来学习都很好的一个原因吧。

除了吃奶奶的食物和去领奶奶奖励的零花钱的时候，能和奶奶在一起说说话之外，其余的时间我很少去她的房间。奶奶一直都是一个人待在她的房间里，悄无声息。她唯一的乐趣就是和那些步登高待在一起。她常常拿着一个小板凳，坐在那些盛开的步登高中间，无声地晒着太阳。那时已是秋天，可是步登高却开得正盛，它有不愿凋残的个性，似乎有个永远年轻的蕊，不断地向外绽放着花瓣，直到深秋，直到冬天来叩门的时候，才极不情愿地纷纷谢幕。即便如此，步登高的花瓣依然鲜艳如初，像那些被精心处理过的标本。奶奶会将它们摘下来，放到她的黑屋子里，装点一下她晦暗的生命。

整个冬天，奶奶足不出户。

为了能让我多陪陪她，奶奶会不停地翻弄她的箱子，不停地找自己藏起来的好东西给我。有一次，奶奶翻弄了半天，竟然找到了一瓶糖水罐头！看着我垂涎欲滴的样子，奶奶又一次让我喊她奶奶。我经不住那瓶罐头的诱惑，索性说了一大串"奶奶"。奶奶开心极了，一把抱住我，喃喃低语着：俺的好孙子，俺的好孙子……然后盘腿坐在炕上，美滋滋地看着我吃。可是我吃了一口就吐了出去，罐头是苦的。因为放的时间太长了，罐头已经变质了。母亲知道了，一把抢过我手里发了霉的罐头，扔出去很远，一边大声地训斥奶奶，说她没安好心，存心要害我，要我以后不要再吃她的东西。母亲往外拽我，我回头看到奶奶哭了，浑浊的泪水肆意流淌在她满是皱纹的脸上。

那一年，大片大片步登高开得烂漫的时候，奶奶去世了。临终时，她嘴里喃喃不休地念叨着什么，仔细听来却是"步登高"三个字。原来，在我们这里，步登高是心愿之花，死去的人如果用步登高花瓣铺床，生前许下的心愿就会实现，奶奶一生的心愿大概就是能和爷爷葬在一起吧？我们把院子里所有的步登高花全都摘了回来，一瓣一瓣铺满奶奶的床。

艳丽的步登高为这个灰白的早晨带来了一丝暖色，它会引领奶奶步入天堂吗？

看着我们把步登高花瓣铺满了她的床，奶奶松了一口气，摩挲着我的头吃力地说着："这下好了……孙儿……能……考上大学了……"我心头一震，没想到奶奶临终时最大的心愿竟是为了我这个不孝的孙子。当时我正面临中考，奶奶一直在为我祈祷，而我竟浑然不觉。那一刻，一股巨大的疼痛如同暗礁猛烈撞击着我的心，我这才感知到，我正在失去一位至亲至爱的人！我扑到奶奶身上，声嘶力竭地唤着"奶奶"，这是我第一次也是最后一次真心地喊她"奶奶"。奶奶微微翕动了一下嘴角，我知道奶奶是在微笑，奶奶在微笑中安详地闭上了双眼。

下葬的时候，母亲愧疚地对父亲说："娘生前命苦，俺没能好好待她。死后就让她享点儿福，咱把她葬到父亲坟上去吧。"

奶奶去世后不久，我顺利考取了县重点高中。全家人都相信，那是奶奶保佑的。步登高从此成了我们家的"家花"，年年都种。步登高，极俗极艳的一种花，但我相信她是很吉利的花，每年到了祭奠先人的日子，我都会摘下一大把放到奶奶的坟上，陪奶奶说说话。

每一次，我都会在那些花瓣中间依稀看见奶奶的影子。

陪上帝喝酒，和天使下棋

那是一个让很多人羡慕不已的家庭：男人事业有成，一路顺风顺水，一直升到了一个大公司副总裁的位置。女人秀外慧中，甘愿放弃高薪工作，回家做贤妻良母，把生活打理得井井有条，有滋有味。夫妻恩爱，其乐融融，而且还有一个让他们骄傲的儿子，正在美国留学。

一次意外的车祸将男人从女人身边带走，将这个幸福的天堂一下子拉到了地狱，曾经的欢声笑语顷刻间了无踪影，剩下的，只有死一般的沉寂。

儿子一个月后从亲戚口中惊闻噩耗，悲痛过后，他最先想到的是自己的母亲。他清楚地知道，父亲的离去，意味着妈妈的心沉入黑暗，永失阳光和快乐。他决定马上回国，看望正在地狱里煎熬的母亲。

她一下子就衰老了，整个人瘦得脱了相。儿子拥抱着母亲，陪她落泪。旋即很男人地拍着她的肩膀说，天还没黑，你还有我。

儿子在家里住了一个星期，把所有的窗帘、床单都换成了鲜艳的颜色，还从花店买了几盆正在盛开着的鲜花，他想以此冲淡母亲心中的伤痛。

她明白儿子的良苦用心，没有劝阻他，任他不停地折腾。只是偶尔催促他，别耽误了学业，早点儿回洛杉矶去。他一边忙活一边胡乱地应允着，告诉她，每天都别忘了开窗子，他只是想让阳光洒进母亲的心里去。

临走的时候，他指着墙上那个被他换成了粉色相框的父亲的遗像，对她说："他并没有离开我们，不是吗？只是上帝太喜欢他，提前把他召唤到身边去了。"她微微地笑了，说，妈没事，你放心吧。他顽皮地伸出小指来，和她拉钩，让她答应他，再见到她的时候一定要胖起来。

"妈，有你在，这里依旧是天堂。"他指着自己的心说。她也对他说："儿子，有你在，妈的心里也是天堂。"

她遵照儿子的话，每天起来的第一件事就是把窗子打开，让阳光照进来。让她奇怪的是，再看到粉色相框里的男人，她的心不再那样疼，相反有了一种很温暖的感觉。她会像他在时一样，一边织着毛衣一边把电视音量调得很大，害得隔壁邻居一个劲儿地敲墙，以示抗议。这个时候，她总是伸一伸舌头，很不情愿地把音量缩了几格。

儿子打电话来，聊着聊着就聊起了男人在的那些日子，不免让她又有了些愁绪。儿子神秘地说："嘘！别打扰他，他正陪上帝喝酒呢。那老头儿可是上头最大的官,跟俺这儿的总统一个级别。能陪他喝酒,证明俺爸在那里很受宠。"

两个人在电话两端咯咯地笑起来。听到母亲的笑声,他的心总算是踏实些了。其实他自己的心又何尝不是在滴血,尤其是在夜里,对父亲的思念就像刀子在割他的心。但他是男人,他不能被苦痛压垮,他要让母亲的世界阳光普照。

但父亲的影子毕竟是割舍不去的,打电话的时候,免不了有说漏嘴的时候,聊着聊着就忘了父亲的离去,随口问了句:"我爸干吗呢?"说完就知道自己说错了话,刹那间的沉默,暗含忧伤。谁知,她在电话那头学着他的腔调欢快地说:"嘘!别打扰他,他正和天使下棋呢。就他那臭棋篓子,咱娘儿俩他都下不过,咱可得让他专心下,不然要给咱娘儿俩丢脸。"他们彼此心领神会,彼此在电话的两端眼含泪水大声笑着。

那个时候,不论是北京还是洛杉矶,阳光都灿烂得让人不得不眯起眼睛。

蒲公英也很快乐

在去大后部落之前，我觉得完全有必要先去考察一下。这可是关系到前途、命运的大事。

大后部落是我们这里的一个小山村，出了名的贫穷偏僻，而我即将被分配到那里去做小学教师，呜呼哀哉，想想这个心就凉了半截儿。

去的那天阳光明媚，路边一大片一大片的蒲公英开着黄灿灿的花朵。尽管心情沉重，但路边的风景还是给了我一丝安慰。在进入村子的前二十多公里是不通车的，只能步行。随着道路越来越难走，那安慰渐渐变得如同杯水车薪。

总算抵达村庄了，眼里看到的都是低矮破旧的房子，鼻子闻到的都是火烧牛羊粪的味道，偶尔传来几声犬吠，算是给这个死寂的世界敲敲门提个醒儿：我们还活着。

这一派萧条荒凉的景象让我顿时傻了眼,我在心里暗暗发誓:哪怕动用所有关系,也要逃离这个苦海。

我想到学校去看看,看看自己的工作环境。

我问一个小姑娘:学校在什么地方?她先是愣了一下,然后放下手里的猪食桶,在裤子上抹了抹手,说她领着我去。

这是个十来岁的孩子,扎着两个活泼的小辫子,脏兮兮的小脸上缀满了灿烂的微笑,一双大眼睛写满了好奇。

她欢快地走在我的前边,热情地问我为什么来这里。

我嗫嚅着说:"哦,没啥事,就想到处走走看看。"

"哦。"不知道为什么她忽然间显得有些失望。

我们来到了学校。与其说是学校,不如干脆说就是一间稍微大一点儿的房子和一个稍微大一点儿的可以勉强当操场的院子,一根旗杆和一面有些破旧的红旗证明着这里的与众不同。

教室的黑板擦得干干净净的,座椅很整齐地摆放着,窗户纤尘不染,但就是没有一个人。

我问她:"怎么一个人也没有呢?"

"没有老师啊,大概有两个月了,老师们一个个来了又走了,大人们说,没人愿意来我们这里当老师。"小姑娘说。

"那这里怎么会这么干净呢?"

"我和几个好朋友说好了,每天都有一个人来这里负责打扫卫生,我们要把这里拾掇得干干净净的,这样老师来了,就不会嫌弃这里脏,就会留下来了。"

孩子的话,好似在我心头猛地扎了一针。

"有好几次,几个淘气的男孩子在黑板上乱写乱画,我们和他们吵了好久呢,最后,到底是我们赢了,他们现在也经常来帮我们呢。"她一脸骄傲地说着,"正好今天轮到我了,你先坐着歇会儿,我要开始打扫卫生了。"

我看她拿着一块抹布,开始忙碌起来。那小小的身影,在阳光下闪着动人的光芒。我从背包里拿出一瓶冰红茶递给她,她有些犹豫地接过去,轻轻呷了一小口。

"真好喝。"她轻声说道,随即又抿了一小口,然后赶紧盖上盖子还给了我。

"这是给你的。"我说。她高兴得忘了说谢谢,只说:"那我要带回家给妈妈和弟弟也尝一尝。"

从学校回来,小姑娘在路边蹲了下去,小心翼翼地折下一朵蒲公英递给我,她说:"吹蒲公英的时候,先许一个愿望。然后一口气吹下去,只要把蒲公英吹得一个不剩,愿望就会实现。"我看她自己也折了一朵,然后很虔诚地闭上眼睛,把蒲公英缓缓地送到唇边,然后"呼"的一下吹散。

"你也吹啊,快,赶紧许个愿望。"她催促着我。

我闭上眼睛,在心里默念了很久,然后很认真地一口气吹过去,只见蒲公英的种子漫天飞舞,像轻盈的雪花,霎时间丝丝缕缕荡漾开去。小姑娘灿烂地笑着,好像每个人许下的愿望,都可以实现一样。

她问我:"你许下的是什么愿望呢?"

我微笑地反问她:"你呢?"

她说她的愿望是来一位好老师,她想回学校上课。

她不知道我许下的愿望是什么,其实,我许下的愿望和她有关，和这里的每个孩子有关。

我决定留下来，因为我喜欢这里一大片一大片的蒲公英。那些蒲公英虽然生长在这贫瘠之地，却有一种纯真的快乐。

"你还没告诉我你的愿望呢？"小姑娘刨根问底。

"我的愿望就是——"我故意卖着关子，"你能实现你的愿望。"

小姑娘把我送出很远，直到我坐上通往县城的客车。车开了，我向她挥手，大声地向她喊道："明天，学校见，不见不散。"

请给我5分钟

记得那是去年的情人节，和女友一起坐车回家。劳累而烦躁的俗事让我们疲惫不堪。颠簸的客车卷起大片大片的灰尘，所有的眼睛都像是熄灭的灯，无数的心灵漆黑一片，整个车里的人，大概没有谁还记得情人节了。

我的眼睛是唯一亮着的灯，我的心灵春光无限，尽管车窗外面灰尘滚滚，我却依然努力寻找风景。

女友轻轻拥着我的手臂，微闭双眸。透过窗子，在不远的小山上我发现了一片盛开着的迎春花，在明媚的阳光下，迎春花开得异常烂漫。

我轻轻唤醒身边的女友，对她说：看，春天来得真早。

"请给我5分钟时间，只要5分钟。"我走到司机身旁，请求道。担心他不同意，我答应给他10元钱来交换这5分钟。

大概是金钱的作用吧，司机答应了我的请求。

我迅速跳下车，朝盛开着迎春花的小山坡跑去。5分钟之后，我气喘吁吁地回来了，手里捧着一束灿烂的迎春花，仿佛整个春天，都被我握在了手里。

我把这束花献给了女友。女友被这突如其来的幸福烧红了脸。

车厢内响起一片热烈而又持久的掌声，那掌声，好像在人们心底囚禁了许久许久，终于得到了释放。

所有的眼睛被点亮，无数的心灵都普照着春光。

当我掏出10元钱要给那位司机时，他拒绝了："给我一束小花吧，我要送给我的妻子。"

我和女友将手中的花一枝一枝地分送给车上的每一个人，想象着他们的爱人、母亲、儿女收到鲜花时的幸福表情……

在这个纷纷扰扰的时代，不要只顾匆匆忙忙地行走，必要的时候，让心灵停留，哪怕只有5分钟，这个时候，你会发现很多美丽的风景，会发现很多有爱的故事。

一味地忙碌，疲惫的灵魂赶不上匆匆的脚步。

我们的一生可能黯淡无光，但总会有精彩的瞬间留待我们去回味。

就像海伦·凯勒，甘愿用整整一生换取三天光明；像纳兰容若，甘愿放弃一生的荣华富贵，去换取与知心人的倾谈。

请给我5分钟，让我把爱的曲子弹完，让我把善播撒给世界，让我用自己的身体再去为这个世界弥补一两个漏洞。

我向索要我生命的死神请求，请给我5分钟，让我再撒一些爱的花瓣，再还一些前世今生的债。

月亮是妈妈的枕头

我有一个当老师的朋友,拗不过她的再三请求,我这个"知名作家"只好临时客串,给她的学生们上了一堂作文课。为了激发孩子们的想象力,我做了三张卡片,上面分别写着:落叶、微风、弯月,我想让孩子们用尽可能多的词汇来比喻它们。卡片在孩子们手中辗转传递着,仿佛在传递一个快乐的消息。他们浮想联翩,各种各样的比喻层出不穷,卡片上密密麻麻地写满了孩子们天真的想象。

我拿起那些充满童趣的卡片,一张张读下去:"落叶是秋天的信笺","落叶是冬天的请柬","微风是我在夏日午睡时,外婆手中轻轻摇动的扇子","弯月是被馋嘴的天狗咬了一大口的月饼"……每每读到这些精彩的句子,我都会让写下这个句子的孩子站起来,认真地夸赞他们几句。孩子们活跃极了,对那些写出了精彩句子的同学给予长时间的掌声。这堂作文课既生动又活泼,比我预想中的效果要好。在旁边听课的朋友也偷偷为我竖起拇指，对这堂作文课很满意。读到最后，我的眼睛一亮，被一个更为新颖的比喻吸引了："弯月是妈妈的枕头。"虽然新颖，但我认为这个比喻不太贴切，为什么单单是妈妈的枕头呢？我这样问的时候，那个叫陈露的小女孩站起来，涨红了脸说："妈妈累的时候可以枕着它好好睡上一觉。"我说，"不如改作'弯月是上帝的枕头'，因为上帝在天上，离那个枕头更近一些，呵呵。"我和她开着玩笑。她没表示赞同也没表示反对，依旧涨红着脸，好像是要为自己辩解，却欲言又止。我便借题发挥，让同学们来评判这两个句子哪一个更贴切。同学们立时乱作一团，叽叽喳喳地开始品评，或许是慑于老师的权威，最后一致认定"上帝的枕头"更为贴切。

"那枕头是妈妈的。"这是我听到的唯一的一句辩驳，在孩子们的喧嚣里，陈露声若蚊蝇的辩驳显得有些纤弱无力。

下课后，朋友对我说："陈露的比喻是有根据的，因为她的妈妈就在天上。她一出生妈妈就去世了。"我无比惊讶，"那你为什么不早点儿提醒我？"我既悔且愧地埋怨着朋友。

"陈露不想让同学们知道她是一个没有妈妈的孩子。"朋友说，"上学第一天她就偷偷和我约定，让我为她保守秘密。现在还整天和同学们说自己的妈妈是世界上最漂亮的妈妈呢。"

我懊悔不已。我犯了一个多么大的错误啊！"弯弯的月亮是妈妈的枕头"，回头重新想想，这个比喻是多么贴切！妈妈在天堂里，不是正好可以枕着那轮弯月吗？"那枕头是妈妈的"，我的耳边一直回荡着她小声辩驳的话。这里面裹着一颗多么执着的热爱妈妈的心啊！我仿佛看见，她正捧着妈妈的照片，委屈地掉着眼泪。

她想给妈妈一个温暖的枕头,却被我无情地夺走了。我给孩子那颗固执又柔软的心泼了冷水,造成了怎样的伤害!

"明天让我再给孩子们上一节作文课吧。"这次变成我向朋友提出请求,"我要给孩子们好好讲讲月亮,这个枕头本就应该是妈妈的,上帝,请先靠边站。"

穷人的补丁

在我的印象中,舅舅似乎从没有穿过一件不带补丁的衣服,这就像是他的人生,被贫穷撕扯得漏洞百出。他一生要做的只有一件事:不停地出卖苦力,以缝补他支离破碎的人生。

舅舅曾经讨过饭,这是很多人都知道的。所以,见人自然就矮了三分,他的头总是低着。因为他讨过饭,我们尽量少和他来往,总嫌他丢了我们的脸。但他毕竟是母亲唯一的弟弟,母亲暗地里还是要帮衬他的,但舅舅家就像是个无底洞,总也无法填满。

那时候,每次舅舅来,我和姐姐都会心生厌恶,因为他一来,就会从我家里进行一番"抢掠",甚至包括我和姐姐还没用完的作业本,还没打算丢掉的衣服,最后都装进了他带来的那只填不满的大口袋。当然,舅舅每次来也没有空手,他总是会带来一些诸如汤子面和小豆腐之类的城里人不易买到的东西,可是我和姐姐不爱吃，总感觉那些东西是用来喂猪的。

舅舅常常有意和我套近乎，让我放暑假的时候去他家玩，还说要给我煮鹅蛋吃。我嘴里应和着，心里却怕极了那个地方，因为8岁的时候我去过一次，被他们家土炕上的跳蚤和满屋乱飞的蚊子叮咬得浑身是包。

和父亲喝上几盅酒后，他总会喃喃地有些羞愧地对我们说："你们的舅舅穷啊，啥都没给过你们……"然后便是很无奈的一声叹息，心中的苦累排山倒海般喷涌而出。

舅舅没别的嗜好，就是喜欢喝点儿酒，累了一天之后，喝口酒能解解乏。每次孩子给他打回酒来，他都要往里面兑些凉水，兑了水的酒难喝极了，他却喝得津津有味。也只有那个时候，才是他最惬意的时候，仿佛灰暗的人生里透进一缕霞光。

上高中的时候，我和同学玩牌机，输红了眼，直到把100元学费输了个精光。那时候，100元不是个小数目，我害怕极了，开学好几天，老师催了好几遍，我却迟迟拿不出钱来交学费。我不敢和父母说，那样会被父亲打死的。我想到了借钱，可是同学们都不肯借给我。最后，我想到了这个令我厌恶的舅舅，明知道他穷得叮当响，可是没办法，我还是决定去碰碰运气。

舅舅为难得直挠头："唉，总不能为这个把学习耽搁了。"舅舅让我先回去念书，他来想办法。看着舅舅在屋子里走来走去，我知道肯定没戏了，这只不过是他的托词而已。没想到第二天，舅舅竟然真的到学校给我送来了100元钱。"这件事我不会和你父母说，但你要记住，以后千万不要再玩那个东西了，一定要好好学习啊！"我狠命地点着头，第一次感觉到了舅舅的可敬可爱。

后来我才知道，那次，舅舅卖掉了家里唯一的一头猪。

舅舅没日没夜地拼命挣钱，养家糊口，就在家境刚刚有些好转的时候，舅母又病了，瘫痪在床。不知道为什么，他的生活仿佛被命运撕开一个大口子，苦难一个接着一个，老天爷似乎有意和他过不去。但舅舅并没有被苦难压垮，而是咬紧牙关，一次次地为了这个家在透支他的身体。

舅舅一辈子都没能摆脱贫穷，舅舅一辈子都在穿带补丁的衣服。

有一次他来我们家，正赶上我的孩子出生，他当舅姥爷的，总要表示一下的。可他兜里总共就5块钱，他挠着头，不好意思地非把那5块钱塞到孩子的肚兜里。晚上天快黑的时候，他骑着车子又赶了回来，他不知从哪里又淘弄到10块钱，硬是塞给了我们。留他吃饭，他不肯。他说要趁天没黑赶回去，家里一大堆鸡鸭鹅等着他喂呢。

后来才知道，那10块钱，是他辗转腾挪了一天，从几个人手里一元两元东拼西凑借来的，因为他穷，别人都不肯借给他太多的钱。然后，他又将这几张破旧零碎的钱到储蓄所换成了一张崭新的10元钱，他说这样吉利。

舅舅六十多岁的人了，还得在工地上卖苦力。因为他没有劳保，唯一的两垧地也都给了孩子，他还得生活，还得伺候瘫痪在床的舅母。终于有一天，他从脚手架上跌了下来，从此一病不起。那是他这辈子唯一一停下来不去劳作的日子，也是他生命的终点。

舅舅让儿子去包工头那里讨个说法，包工头分三次给了他少得可怜的工伤款。这家伙熟知舅舅的性格，拎着一兜水果，花言巧语地和舅舅说着他的难处，舅舅答应了，在终止赔付工伤款的协议书上签了字。

因为没钱医治，舅舅终于没能挺过那个冬天。舅舅撒手人寰的时候，也没能穿上一件新衣服。在他病重的日子里，我去看望他，给他捎去一件新衣服，可他不穿，他开玩笑说，带补丁的衣服穿着暖和。

如今，舅舅在地下，依旧穿着带补丁的衣服吧。我不知道那些补丁，能否真的给他带来温暖。

我只知道，这些穷人的补丁，替那些富人们缝补了心上的洞。

穷人的茉莉花

朋友去印度,回来后感触颇深,他给我讲了一个穷人的故事:

他刚到印度的时候,在孟买的大街上,看到一个上了年纪的老人在兜售一些不值钱的小玩意儿。那是孟买穷人中的一种,其实和乞丐没有什么区别。他们大多是一些孤寡老人,生活上没有任何依靠。

朋友是个心地善良的人,毫不犹豫地从兜里掏出零钱给他。老人便示意朋友在他的那些小玩意儿里随便选些东西。那些东西没有朋友瞧上眼的,所以他没有选就走了。可是没想到那个老人竟然收起那堆小玩意儿,紧紧地跟在他身后。

刚开始朋友没想那么多,只以为他收摊了要回家。可当他走出去很远,看到老人仍旧跟着他时,他便有些厌烦了,心想那老人一定是觉得他是个善心人,想从他那里再讨些钱吧。

朋友转过身对老人比画着,告诉他自己身上没多少钱,别再跟着了。可老人好像完全没有理解他的意思,嘴里嘟囔着什么,仍旧执拗地跟着他。背上那个偌大的包袱压得他汗流浃背。

朋友恰巧在街上遇见了印度的同事,听说了朋友的遭遇,他便转过身,问那个老人为什么一直跟着这个中国人。

老人气喘吁吁地说:"孩子,你给了我钱,却没有要我的东西,我总得给你点儿什么呀!我看你是外国人,可能对我们这里不太熟悉,我只想跟着你,为你指指路,我能为你做的只有这些了……"

朋友的心灵受到了震动,他说不知为什么,那一刻他感觉那个老人很像自己的父亲,亲切而温暖。

朋友在印度待了将近半年,在这期间,他还经历了另外一些和穷人有关的事情。他说这些穷人都有一个共同点,那就是让人深深感受到他们的尊严。就连满街奔跑的小乞丐,都不会跪下来抱着你、纠缠你,或者说一些千篇一律的祝福的话,他们会拿着一束散发着清香的茉莉花来到你的面前——哦,那是泰戈尔曾经深情赞美过的茉莉花。他们的乞讨因这样的方式而让人心生感动。

印度还是一个正在发展中的贫穷的国度,这样一个贫穷国度的乞丐却仍坚守着他们的尊严。乞丐们不会因为你没有零钱给他而在心底咒骂你。他们从不抱怨上天给予他们的苦难,他们工作、学习,在闲暇时唱歌、喝酒,他们的心中,飘荡着茉莉花的清香。

印度人的生活,正如印度佛教复兴之父安贝卡所说:"即使你穷得只剩一件衣服,你也应该把它洗得干干净净,让自己穿起来有一种尊严。"

善良很小，却是一盏灯

一连好几天，父亲下班回来，都是闷闷不乐的样子。母亲问缘由，父亲说同事的母亲病了，同事是个孝子，他看不下去同事哀伤的样子，就跟着难过。还有一次，父亲长吁短叹，原来是邻居家刚刚下岗的男人把三轮车开翻了，压断了腿，使原本就很贫寒的生活雪上加霜。"唉，这老天怎么总是跟你们过不去呢？希望他能快点儿好起来吧！"父亲拿了200元钱给他的妻子，尽管杯水车薪，总能让逆境中的人暖暖心。

把别人的忧愁当成自己的忧愁，这是因为一个"善"字在心底亮着。父亲的这些举动让我想到了夏丏尊先生。丰子恺在写到夏丏尊的时候说："凡熟识夏先生的人，没有一个不晓得夏先生是多忧善愁的人。他看见世间一切不快，不安，不真，不善，不美的状态，都要皱眉，叹气。朋友中有人病了，夏先生就皱着眉头替他担忧;有人失业了,夏先生又皱着眉头替他着急;有人吵架了,有人吃醉了,甚至朋友的太太将要生产了,小孩子跌跤了——夏先生都要皱着眉头替他们忧愁。学校的问题,公司的问题,别人当着例行的公事处理,夏先生却当作自家的问题,真心地担忧。国家的事,世界的事,别人当作历史小说看的,在夏先生都是切身的问题,真心地忧愁,皱眉,叹气。"

这些为他人忧心的善念使夏丏尊先生的心始终是潮润的,以至于他在翻译《爱的教育》时,一边翻译一边流泪。

我在暗夜里常常思考,生命中最珍贵的品质是什么?我认为是善良。有爱心的人是这个世界上最可爱的人,他们时刻指引着我们,朝着幸福的城堡进发。对于无家可归的人,一场雪是疼痛的;对于有家的人来说,那些疼痛就变成了幸福的地毯。我亲眼看到两个无家可归的孩子,在火车站的空地上堆了两个大大的雪人,一个是爸爸,一个是妈妈。他们的脸冻得通红,却不肯离开"爸爸妈妈"半步,就那样在雪地里痛并快乐着。我无法视若无睹,我从即将开动的火车上跳将下去。"我忘了我的行囊",这当然是一个对列车员说的非常蹩脚的谎言,然而对于一个被唤醒了良心的人来说,这个谎言价值连城。当每个人都为自己的灵魂裹上这样一副行囊,人世间该是多么温暖的天堂!

遇到歹徒行凶时你不敢出手相救,那是你的懦弱,这只能说明你不勇敢,不代表你不善良。那个时候,善良被懦弱紧紧地压在下面,翻不过身来。与你同行的人们没有理由埋怨你,因为他们把头埋得比你还深。在平静而有序的生活中,人们并不需要有人告诉他该怎么生活,往哪儿走。但在形势险恶、人们惊慌失措时,却十分需要有一盏指路明灯。那时候，一双紧握的拳头，或者一双疾恶如仇的眼睛，都可以把忐忑不安的人们凝聚到一起，击退邪恶。每一个人都可以是英雄，只要你把心底那盏小小的善的灯慢慢放大，你便会毫不畏惧。

更多的时候，善良很小，掀开别人的伤口时，你没有幸灾乐祸，你就是善良的；路经别人的苦难时，哪怕一次皱眉，哪怕一声叹息，都源自心底的善良与慈悲。

善良很小，却是一盏灯。它那微弱但生生不息的光焰，可以在满世界游走。

上帝有个神奇的模子

莫太太是个遗孀，5年前，她的丈夫因公殉职，从那以后，她和女儿相依为命。可就在两个月前，这唯一的亲人也因为车祸，离她而去。

如花似玉的女儿，刚刚过了20岁生日。而且在大学里品学兼优，有着无比灿烂的前程！

整个世界都黑了，黑得没有边际。她永远忘不掉，吹灭生日蜡烛的时候女儿许下的愿望，女儿说，要让妈妈过上幸福快乐的日子。可是女儿走了，把这个美好的愿望永远带走了。

莫太太一夜间就衰老了，一个中年妇女一下子就成了一个孤寡老人。

可是有一天，莫太太看到了她的"女儿"，千真万确，她们简直太像了，她永远不会忘记女儿的一颦一笑。"莫非，是女儿从天堂来看望我了？"莫太太躺在病床上，异想天开。

那天她晕倒了，在人潮汹涌的街头，是艾迪把她送到了医院。莫太太不知道什么时候醒来的，她以为是在做梦，因为她看到了自己的"女儿"。

她喊着女儿的名字，向艾迪张开了怀抱。"我叫艾迪"，艾迪吻了吻莫太太的脸颊，把她拉回现实。莫太太无比怅惘地"哦"了一声，她知道自己又在自欺欺人。

莫太太的身体一天天好起来，精神状态也恢复了过来。不知道为什么，每天看着艾迪忙前忙后地照顾她，莫太太的心头总会掠过一丝幸福的感觉，她有些依赖她了。

而艾迪呢，自从母亲过世后，也一直是孤单单的一个人。她在莫太太的身上，同样看到了母亲的影子。莫太太慈爱的眼神，每天都会在她的身上轻轻扫过。有时候，她会撒娇一样躺在莫太太旁边睡一夜，她说，单位的宿舍冷，她不愿意回去。

"那么你的家呢？父母不惦记么？"莫太太终于推开幻想，问躺在身边的艾迪。

"他们去年出了车祸，撇下我一个人。"艾迪幽幽地说。

哦，可怜的孩子。莫太太轻轻吻了下艾迪的额头，为她掖了掖被角。那天夜里，艾迪的脸上始终挂着幸福的微笑。

艾迪说她是一个刚刚毕业的大学生，找到了一份工作，暂时还没有租到房子，只能在单位里住冰冷的宿舍。她说那个地方很难租到房子，她跑了好几天，也没有租到。

莫太太出院了，她把艾迪领回家。天气凉了，她看到艾迪仍然穿着很单薄的衣衫。她找了些女儿的衣服给她，她给艾迪看她女儿的照片。"真的很像呢。"艾迪在心底默默地对自己说,天底下怎么会有这么奇怪的事情?

莫太太一边给艾迪收拾衣服,一边唠唠叨叨地让艾迪小心这小心那,半天才想起来,她误把艾迪当作自己的女儿了,有些不好意思起来。

最后,莫太太把一把钥匙递到她的手里。

"你是说,我可以住到这里来,是吗?"艾迪问道。

"为什么不呢?"莫太太说,"这是个很大的房子,我自己住真的太闷了。不介意的话,就来给我做个伴儿吧。"

莫太太想,上帝一定有个神奇的模子,可以造出一模一样的人来。艾迪就是他造出来的那个人,感谢上帝,他是多么可怜我啊!

那天夜里,艾迪也在自己的日记中写道:"人有旦夕祸福,命运反复无常,不可捉摸,但是即使你失去了最亲的亲人,你也要好好地活下去,因为你曾经的幸福和快乐,上帝会在人世间另外的地方为你做一个备份,只要你勇敢地坚持不懈地去寻找……"

"欢迎你回来。"第二天,莫太太向回家的艾迪张开双臂,"我的孩子,你是好心的上帝用他的模子,为我复制出来的幸福。"

"你也是!"艾迪哭泣着扑向莫太太的怀抱,轻轻地唤了一声:妈妈!

我不想拆掉你的翅膀

他是个不到20岁的年轻人,一个文学爱好者,带了厚厚的一大本他自己写的文章,赶了很远的路,就为了来拜访我,希望能够得到我的一些指点。

他和我说,他是攒了好几天才攒够了来看我的路费,路上都不敢吃什么东西,怕把回去的路费吃掉了。说到这儿,他羞怯地低下了头。

我被这个执着地热爱文学的小伙子感动了,拿毛巾给他,他一边擦汗一边羡慕地说:"你的工作可真好,多么宽敞漂亮的办公室啊!"

我说,好好写你的文章,你也会有这样的办公室的。

我带他去食堂吃过饭后,他一再地从口袋里掏出一些零碎的钱,对我说:"囊中羞涩,不好意思,第一次来什么也没给您带,您不会见怪吧?"

怎么会呢？我拍着他的肩膀，劝他不要想那么多。

我看了他写的文章，华丽有余而力量不足，但总体的文字基础还是不错的。如果坚持下去，定会有不小的收获。我的褒奖显然增添了他的自信，他说他一定会加倍努力，一定要写出个名堂来。我给他留了电话号码，告诉他有什么事情可以随时来找我。他接过我的名片，手有些抖，满怀感激的样子。

天有些晚了，我不停地看着手表，示意他应该走了，不然会赶不上回去的车了。他大概也看出了我的担心，说没事，回去的车有的是，就是黑天了也有。然后，他有些不好意思地说："能不能再到你们的食堂里吃顿饭啊，那样，在回去的路上我就可以不吃东西了。"

当然可以啊。我爽快地领他去食堂，让他吃了个饱。然后又替他打了满满的一盒饭，让他带着在路上吃。在办公室里，他看到地上堆了很多纸张，向我索要，说反正你这里这么多，我也可以用它们多练笔写东西。我就找了个袋子，帮他装了些洁白的纸张。心里却忽然有了一种说不清楚的感觉，令我的热情骤减。

他再一次感激涕零，发誓一定要写出好作品。

临走的时候，他又一次掏出他的那些零钱（他回家的路费），不厌其烦地说最近手头拮据，什么都没给我带，让我不要怪他。我知道，他这是在暗示我替他买一张回程的车票。

钱就在我的口袋里，但这次，我没有掏出来。

他和我说，有一次在车站，他没钱买车票，就向别人开口要，没想到有一个好心人很慷慨地给了他50元呢。

他一再地暗示我，就差开口向我要钱了。可我依然装聋作哑，无动于衷。

口袋里的钱被我握成了一个纸团。我知道，我不能把它交到他的手上，那样，它真的就成了一团废纸，没有尊严的废纸。

他用一种很奇怪的眼神看我，或许他觉得我是个吝啬的人，但我必须那样做，我只是不想让他养成一种过分依赖别人施舍的习惯。

对于一个羽翼未丰的年轻人来说，别人每施舍一次，就等于拔掉了他的一根羽毛。所以我不能施舍他，哪怕是小恩小惠，也等于是在慢慢拆掉他的翅膀。

"我也有过贫困潦倒的时候，"我想有必要和他讲讲我自己的故事，"那一次也是在车站，我口袋里的钱不够买一张车票。但我没有向别人讨要，而是去杂货店买了一管鞋油和一个鞋刷，在车站帮别人擦鞋，擦一双鞋一元钱，一共擦了5双鞋，可是还不够买全程的车票。我就买了短途的票，然后在车厢里继续给别人擦鞋，一站又一站，如此反复。就这样，我擦了一路的鞋，也买了一路的票，终于回到家中。"

他低着头，又一次羞红了脸。我感觉到了，这一次，是发自灵魂的羞愧。

有时候，拒绝也是一种帮助。因为我不想，拆掉他的翅膀。

在这之后的几年里，我们互相通信保持联系，我常常在信中鼓励他坚持下去。现在，他在当地已经小有名气，而且被当地文联破格录用，他也有了和我一样宽敞漂亮的办公室。他在给我的来信中真诚地表达了他的感激之情，他说："我之所以能有今天，都是因为您的那一次'拒绝'，拯救了一颗即将跌落山谷的心。感谢您，让我拥有了一双自尊、自强、自立的翅膀。"

第五辑　天使穿了我的衣裳

「人们只当那个天使是我，其实不是，天使只是穿了我的衣服。」她在日记里写道：「感谢上帝，委派一个天使来做我的姐姐。」

为我的灵魂打补丁的人

二叔常到我的梦里来,踱着四方步,气定神闲。他一生为贫穷所困,衣服上始终打着补丁。

在梦里,二叔一言不发。每次走的时候,必是那让我十分熟悉的哀怨的神色。转身之后,又必会呈给我那块补丁——触目惊心的补丁,却令我的灵魂完整。

二叔本不必如此贫穷的,二叔有力气,能吃苦,他的饭量和干的活儿恰好成正比。二叔是个木匠,村里大多数木工活儿均出自他的手,他的技术和他的为人一样被人津津乐道。

可是二叔偏偏受了一辈子的穷。因为二婶死得早,家里没了"装钱的匣子",二叔的钱就像流水一样,匆匆地揣进兜里,又匆匆地溜出去,不知道都花到哪里去了。亲戚们劝他攒些钱,再娶房媳妇,可二叔死活不肯,他说够了,知足了,剩下的日子是他一个人的了。

我们都知道，二叔和二婶在一起的时光是他最快乐的时光，他像个孩子一样跟我们疯闹，时而把我们高高举过头顶，时而扮鬼脸吓唬我们，惹来一大群孩子的尖叫。

过年的时候，二叔用了三天三夜的时间为我做了全村最漂亮的灯笼，让我骄傲得像一个王子，带领伙伴们奔跑在除夕之夜，那个精美的灯笼照亮了我的整个童年。

二婶不能生育，所以二叔总拿我当他的亲生儿子看。他常常让我去陪他，时间久了，我们之间的感情真的和父子相差无几了。

知道我喜欢看书，他就常常带着我去城里的书店，用自己偷偷节省下来的私房钱给我买书。二叔大字不识一个，就让我自己挑。我书架上的很多名著都是那时候买的。

二叔是在二婶死后开始消沉的。像一盏油灯突然被掐灭了灯芯。

二婶是被一只老鼠吓出毛病的，柔弱的二婶承受不了一只老鼠跳上她的脚背带来的巨大惊吓，整日神情恍惚，最后被一条小河把灵魂收留。我常常去那条二婶溺水的小河旁，看上面漂浮着的花瓣和叶子，宛如二婶纤细的命运，一切都只能跟着风跑。

二叔开始酗酒，每日里酒不离口，时时刻刻呈现出醉态。他爱吃泥鳅，会一条一条地攒，攒到十条八条时用大酱一酱，就能美美地喝上半斤酒。而我所有的伤痛正源于此，直到二叔临死之前，我都没能为二叔买来一斤泥鳅、打上一斤酒。而且更让我的灵魂无法平静的，是我曾经当着那么多人的面，深深地伤了他的心。

那是在我的婚礼上。二叔迟到了，一副狼藉的模样。而且，他是我的婚礼上唯一一个穿着带补丁的衣服的人。对于我，二叔是多么重要的亲人啊！我必须向客人们介绍他——如父亲一般的二叔。可是在客人们满是惊讶和鄙夷的神色里，我感觉到自己的尊严被践踏了。

我对着二叔发了很大的脾气，二叔不知所措地站在那里，像一个做了错事的孩子般惶恐不安。

二叔又喝醉了，坐在那条载走了二婶灵魂的小河边，絮絮叨叨的不知在说些什么。

我想去跟二叔道歉，可他却是不停地埋怨自己：唉，老糊涂了，三儿大喜的日子，怎么就不换身衣服呢……

其实，二叔又哪里有一件新衣服呢？父亲说，我用来操办婚礼的钱都是二叔辛辛苦苦攒下的，他不让父亲跟我说，他说反正他自己用不着，不要给孩子施加压力。而我又是怎样对待二叔的呢？在自己结婚的时候连一件新衣服都没有给他买。顷刻间，愧疚刺穿了我的心，一生无法弥补。我的灵魂生出了洞。

二叔死去的时候，父亲终于为他脱掉了身上那件打着补丁的衣服，替他换上一身干干净净的新衣服上路。

可是二叔每次到我梦中来的时候，都是打着补丁的，一直没有改变。我知道，我一生都无法对那块补丁释怀，也好，就用它补我灵魂的洞吧。

只是希望我这一生，灵魂里不要再生出这样的洞来。

童年的药箱

子轩有一个小小的药箱,那是他从童年时便一直珍藏着的。那里面藏着一个除了他自己,没有人知道的秘密。

9岁的一天,他用一把小锤子敲了几下自己的手心,有点儿疼。他觉得很刺激很好玩儿,又多打了几下,大人们并没有斥责他,却也没有人过来疼惜他,都只是摸摸他的头,报之一笑:这孩子,多调皮。他心里忽然有点儿不愉快了,如果母亲在,一定会奔跑过来,把他的小手握在她温暖的手里,递到她的唇边,不停地呵着气。而他自己却得意地笑着,因为一点儿都不疼,反倒被母亲弄得有点儿痒痒了。

他突发奇想,他想如果砸的是手背呢?劲儿再使得大一点儿,会不会很疼?会不会流很多的血?那样就可以得到大人们的关爱了吧,也就可以不去上学,在家里可劲儿地玩积木盖房子了。

他为自己的想法激动不已,他在等待着某一天来实施他的计划。

他提前做好了准备,给自己预备了一个小药箱,里面有止痛药和纱布,他想万一血流得太多,人是会死掉的。所以他要在流血的时候给自己包扎好,这可不是闹着玩的。

子轩的母亲在他6岁的时候因为一场大病撒手人寰,现在这个照顾他生活起居的女人是父亲给他找的继母。他的心思很重,仿佛把自己与世界隔绝开了。妈妈走了,他想再没有人来爱他了。

他从来没有叫过那个女人一声妈,而那个女人似乎也不在乎这些,每天只管在厨房埋头研究她的菜谱,她做的菜倒是蛮好吃的,而且一周保证每一天的菜式都不一样。她没有工作,就这样把自己喂得很肥,在他眼里,她不过是自己嘴馋而已,一个典型的好吃懒做的女人。

可就是这个女人唯一值得称道的厨艺,近来也是大打折扣,她做的饭菜不再像以前那么好吃了。

有一天,他无意间听到父亲在厨房里对着她抱怨:"最近的菜好像不大合口呢!"她压低了声音说:"孩子正是长身体的时候,我得尽量为孩子搭配一些有营养的东西。"

他的心,在那一刻忽然就变得柔软起来,这个在他眼里好吃懒做的胖女人,原来一直是在关心他的啊。尽管母亲不在了,但他不是照样健健康康地活着吗?继母给他织的毛衣、手套,每天准时准点的早餐晚餐,井然有序的生活本身,就是对每个家庭成员的一种爱护啊!

她一直保持着看天气预报的习惯,如果预报了哪天有雨,哪怕那个早上是晴朗的,他的书包里也肯定会装着一把雨伞。北方的气候四季分明，冬天的大寒和小寒冷得都不一样。那个女人每个冬天都会给他做两条棉裤，一条薄一些，一条厚一些。每天放学，她都会把他鞋子里的鞋垫掏出来扔到炕头上，把他的鞋子拿到炉子边上烘烤；每天早上，帽子、围脖和手套，在她的监督下，没有一次忘记戴的，那些冷冽的天，他从来没有挨过冻。

人生就像滑梯一样，那些快乐的尖叫仿佛还没有完全散去，子轩就从童年滑了下来，并快步走上了另一座滑梯：少年。少年是喜欢看云的，每一片云都那么洁白，每一片云都像极了妈妈的脸。若干年后，他从这座滑梯上滑落下来，尽管有些不情愿，但还是被赶上了青年的滑梯。他的那个冒险计划一直没有实施。他的生命完好无损，每一次滑落都没有受到一丁点儿伤害。他冷静地想，自己有什么理由不快乐呢？那温柔地呵护着他的继母的手，已牢牢地将他围在温暖的篱笆里，让他安然度过了属于他的每一天。

他就那样健康地走过来了，他永远不会打开那个给自己准备的药箱了。因为妈妈一直都没有逝去，只是换了一张面孔而已。

天使穿了我的衣裳

那个春天,她看到所有的枝头都开满了同样的花朵:微笑。

大院里的人们热情地和她打着招呼,问她有没有好听的故事,有没有好听的歌谣,她回报给人们灿烂的笑脸,忘却了自己瘸着的腿,感觉到自己那颗快乐的心,仿佛要飞起来。

她感觉自己仿佛刚刚降临到这个世界,一切都那么新鲜。流动着的空气,慢慢飘散的白云,耀眼的阳光,和善的脸。

她知道,这一切,都是姐姐变戏法一样变出来的——一个阳光明媚的美丽世界。

她和姐姐是孪生姐妹,长得一模一样,唯一不同的地方就是她是个瘸子。她怨恨上帝的不公平,怨恨一切,碗、杯子、花盆,所有她能触及的东西都成为她的出气筒,她的世界越来越小,小得容不下任何一个关爱的眼神。

由于天生的残疾，她走起路来不得不很夸张地一瘸一拐。如果这张脸不美也就罢了，上帝还偏偏给了她如花的容颜。两根丑陋的枝条怎么也配不上那娇艳的花朵，她总是这样评价她的双腿和她的脸，所以她很少走出屋子，更不敢来到大院。每天躲在家里，怕见人的孩子，惊恐地张望着外面的世界。

她给自己留了一扇窗子，可以看到外面的世界，看到健康的人，看到笔直的腿，看到漂亮的衣服，看到那些蹦蹦跳跳的快乐的身影，他们让她的悲伤更加浓烈，无法自拔。

生日的时候，仅仅比她大几分钟的姐姐送给她一件礼物：一个会跳舞的洋娃娃。她当时就把它扔到了一边，歇斯底里地喊道：明知道我是个瘸子，还送给我这个能跳舞的东西，你是不是故意刺激我啊！眼泪在姐姐的眼里打转，可姐姐却在不停地安慰她。她知道，姐姐很无辜。

她死活不肯去学校上学，父母只好节衣缩食，为她请了家教。学习的内容和学校里的课程同步。由于她非常刻苦，学习成绩一直很好，每次和姐姐做相同的试卷，她都会比姐姐高几分。每次考完，父母都会夸赞她一番，相反把姐姐训斥一顿，嫌姐姐在学校不用功，总是贪玩儿。这让她心里获得一些平衡，下决心要好好学习，一定要用优异的成绩来弥补身体的缺陷。

那个夏天，妈妈为她买了一件很漂亮的粉色套裙。她偷偷地穿上，感觉自己像一只翩翩欲飞的蝴蝶，只是不敢走动，怕她的丑陋显露无遗。她喜欢她的粉色套裙，爱极了那种绚丽的颜色，只是，她依旧悲伤，哀叹自己是断了翅膀的蝴蝶。

她还是不敢走出屋子，她每天对着镜子，悲伤地望着镜中那只一动不动的蝴蝶。她用冷漠把自己制作成了标本，一只凝固了的蝴蝶。

由于身子虚弱，每天中午都必须补上一觉。可是最近，她总觉得睡不踏实，总有一种似梦非梦、恍恍惚惚的感觉。

那天中午，她在恍恍惚惚中听到有人蹑手蹑脚地进来，睡眼蒙眬中看到姐姐偷偷拿走了她的粉色套裙。她觉得好奇，想知道姐姐到底要做什么，便假装发出鼾声。

透过窗子，她看到穿着粉色套裙的姐姐来到了大院。她尽力压制着心中的妒火，想看看姐姐到底在做什么把戏。她看到姐姐热情地和每个人打着招呼，让她惊讶的是，姐姐竟然学着她一瘸一拐的样子走路，简直惟妙惟肖，让她感觉到那个人就是她自己。而她自己心里清清楚楚，纵然给她加了300吨油，也是没有勇气走到大院去的。

一连很多天，姐姐都会在中午趁她午睡的时候，来偷穿她的衣服。

有好几次，她想揭穿她，但最后都强忍了下去。人都是爱美的，姐姐也不例外，况且姐姐的舞跳得那么好，应该有件好衣服来配她的。只是她无法理解，为什么姐姐不好好走路，偏偏要学她的样子一瘸一拐的呢？

每天中午，她都会透过窗子，看着姐姐一边帮奶奶们擦玻璃一边唱着动听的歌谣，一边帮婆婆们洗菜一边讲着她听来的笑话，逗得人们哈哈大笑。她不得不承认，姐姐才是真正的蝴蝶啊，姐姐让这个沉寂的大院春意盎然。

她不动声色，装作什么都不知道。

忽然有一天，姐姐对她说要带她到大院去走走。其实她的心一直是渴望出去的，像小鹿对于山林的渴望，像鸟儿对于蓝天的向往。整天闷在家里，空气仿佛都凝固了，让人喘不上气来。她犹豫不决，姐姐却执拗得很，帮她穿上粉色的套裙，硬是架着她走出了房门。

那是个多好的春天啊！

她深深地呼吸着新鲜的空气，满眼都是缤纷的颜色。人们对她微笑，把好吃的、好玩的都争着抢着给她，她不明白为什么人们对她那么好，没有一点儿排斥和嘲弄，没有一点儿让人难堪的同情和怜悯，有的只是微笑，让人心旷神怡的微笑。

人们都说，有一个穿着粉色套裙、扎着两个小辫儿的活泼快乐的残疾小姑娘，给他们带来了很多欢乐，她是这里的天使。

尽管她走起路来一瘸一拐，左右摇晃，姿态滑稽而夸张，但所有的人都认为那是天使的舞蹈。

后来她知道了，姐姐学她的样子，是为了让人们能够接纳她，喜欢她。姐姐只想让她走出那个晦暗发霉的屋子。所有人都把姐姐当成了她。

后来她知道了，那件粉色套裙是父母给姐姐买的，准备让她穿着去省里参加舞蹈大赛。可是姐姐说，让妹妹穿吧，到时候管妹妹借就行了。

后来她还知道了，每一次她们同时做试卷的时候，姐姐总是故意做错几道题，总是让她的分数高一些，姐姐说那样妹妹会高兴的。

"人们只当那个天使是我，其实不是，天使只是穿了我的衣服。"她在日记里写道："感谢上帝，委派一个天使来做我的姐姐。"

疼痛的小提琴

那次矿难使雅娴成了寡妇,巨大的悲痛令她心力交瘁。不仅如此,刁蛮的婆婆认定她是"克夫"的扫帚星,对她百般咒骂。最后,老实巴交的雅娴只从丈夫22万元的抚恤金里拿到了8000块钱,还没等她从伤痛中回过神来,又被婆家人冷冷地赶出家门。

雅娴领着刚出生不久的孩子租了一间很小的屋子住了下来,靠那点儿抚恤金勉强维持着生计。因为生的是女儿,婆家对孩子也不再疼爱,很长时间不管不顾。

雅娴日渐消瘦,每日里看着丈夫的遗像,泪如泉涌。她和他是相爱的,所以她的痛才撕心裂肺。孩子长得和丈夫很像,每次看到孩子,她的内心便坚强了一些,为了孩子,总要好好地活下去。孩子这么小就跟着她受苦,她心疼她的孩子,就管她的孩子叫"疼儿"。

她租的那间屋子离一所小学很近,她从抚恤金里拿出一部分钱买了个旧冰柜，在那里开了个冷饮摊，总算有了些收入，她也似乎看到了一丝希望。

她无暇照顾孩子，常常把疼儿一个人放在家里。她买不起玩具，在一个垃圾堆旁，捡了别人家扔掉的几个布娃娃，回家洗干净给孩子玩儿。还有一把掉光了弦的小提琴，疼儿好像很喜欢，每天都把它抱在怀里，对它充满好奇。

疼儿渐渐大了，可是她发现孩子身上有些不太好的征兆。3岁了还不会说话，而且每次喊她，她都像没有听到似的，好像听觉极不灵敏。

医生的话晴天霹雳般炸得她魂飞魄散，疼儿先天性失聪，十聋九哑，连带着话也说不出来。

雅娴开始怀疑自己上辈子真的造了什么孽，不然上苍怎么会如此待她。

疼儿长得机灵乖巧，是个很招人喜欢的孩子，但她不会说话，也听不到别人说什么，一切都只能靠她自己用心去感受。

疼儿会走路了，每天跟在母亲身边，看着一个个朝气蓬勃的孩子背着书包进了学校，她的眼里满是羡慕的神情。她指指学校，又指指自己，意思是问妈妈，她什么时候可以去上学。

雅娴明白她的意思，告诉她，等她再长高一些就可以了。她高兴得蹦跳起来。

劳累了一天，雅娴每次把孩子哄睡后，都会长长地叹口气，她怕自己坚持不了多久。她甚至动了诀别的念头，她盼着疼儿快点儿长大，她也好了无牵挂地去和丈夫团聚。

六一的时候，学校里有演出，她批发了很多小零食，装了几个箱子，用车子推到校园里去卖，却被校长领着一帮老师给撵出了校门。校长嫌他们这些小贩弄脏了校园。

推推搡搡中，疼儿被撞倒了，雅娴便开始不依不饶起来，生平头一次摆出"泼妇"的架势来。最后校长妥协了，告诉她可以在校园的一个小角落里卖东西，只是不要到处走动，她的脸上终于露出胜利的喜悦。

疼儿在校园里兴高采烈地跑来跑去，忽然在舞台前停住了，愣怔怔地站了很久，目不转睛地看着舞台上一个穿着白裙子的小女孩，那个小女孩正在忘情地拉着小提琴，像个天使一样美丽。

那天她们收获不小，箱子里的东西全卖光了，她后悔没有多批发些货物，不然可以多挣些钱。很久没做好吃的了，她买了鸡翅，给疼儿做了可乐鸡翅。看着疼儿吃得那么香，她的眼泪不知不觉又流了出来。孩子5岁了，却没有享过一天福。疼儿过来给她擦眼泪，油腻腻的小手拿着鸡翅，不停地往她的嘴里送。她抱着疼儿，隐忍着收回那些不争气的眼泪。

她开始给疼儿买一些图画书，她要让孩子学会认识这个世界。她想，即使自己不喜欢这个世界，想与它诀别，但不能让疼儿对这个世界灰心。她要在离开这个世界之前，为疼儿多描绘一下这个世界的美好。她可以通过一些手势告诉疼儿，这个世界是美丽的，河流、阳光、花朵、蝴蝶……都是世界送给疼儿的礼物。

疼儿幸福地成长着。在她6岁生日的傍晚，雅娴特意为她买了生日蛋糕回来。当她疲惫地打开门，被里面的景象惊呆了。屋子拾掇得干干净净，疼儿不知从哪里淘弄来一方白纱巾，把自己装扮成天使的样子，那把掉光了弦的小提琴，被她抱在怀里，而她手里，竟然拿着一根筷子，在那里像模像样地拉着，一副很陶醉的样子。

疼儿在为雅娴表演，只想让她快乐一点儿。她一下子把疼儿抱在怀里，仿佛把整个世界抱住。她知道，生活并没有舍弃她，上帝派了个天使陪着她。她不再有诀别的心，世事艰难，她不能把疼儿一个人留在尘世。

雅娴为她的小天使点上了生日蜡烛，告诉她可以许个心愿。疼儿闭上眼睛，郑重其事地把双手放到胸前，许下了她的愿望。雅娴没有问她许下的是什么愿望，但她能感觉到，那个愿望一定和她有关。因为在那一刻，她的心，仿佛和疼儿有心灵感应一样，暖暖的，如同被夏日的阳光照得十分熨帖。

疼儿又一次拉起了她的小提琴，并示意雅娴来为她伴舞。雅娴脱下厚厚的外套，翩翩起舞。她第一次觉得，那无声的音乐是如此美妙，而她自己，也可以如此轻盈。轻盈得像另一个天使。

在旋转的舞步里，雅娴仿佛找回了她的青春。她的心豁然开朗，上帝关上了所有的门，却留了一扇窗，疼儿就是那扇开着的窗。此刻，阳光和清风是多么温暖，正透过窗棂慰藉着她疲惫的身心。那些苦痛的生活，就像那把无弦的小提琴。疼儿让她懂得，哪怕命运赐给她的是一把疼痛的喑哑的小提琴，也一样可以拉出优美的旋律，那些音符会蹦蹦跳跳地从时光深处浮上来，浮上来，直漫到她们的心坎上来。

是的，废弃的小提琴，喑哑的弦，一样可以拉出动人的音乐，一样可以引来柔和的月光、奔腾的海水。这会儿，疼儿听到了，雅娴也听到了。

十捆柴火

母亲在春节前夕来城里看我,带来不含瘦肉精的猪肉和自制的冻豆腐。其实我们在城里什么都不缺,可是母亲总认为我们缺东少西,操劳着,惦念着,盈满爱的心,一日不得清闲。

我和妻子劝母亲留下来过年,母亲说城里住不惯,见不到那些老邻居,她会很憋闷的。

我知道,母亲哪里是不喜欢,她是怕给我们添麻烦。

一天晚上,我无意间看到,母亲正拿着一支指甲油,试着往自己又干又瘪的指甲上涂,看到我进来,她的脸刷的一下子红了,急忙放下那支指甲油,喃喃地说:"不知道这是啥东西,一辈子没用过呢。"我告诉母亲,那是透明的指甲油,男人都可以用的,用来保养指甲的。

"来,我帮您涂。"母亲不肯,我却执拗地拽着母亲的手,将每个指甲都涂上指甲油，但任凭我涂多少遍，母亲的指甲都是灰突突的，无法亮起来。

"不涂了，不涂了，浪费了可惜。"母亲一个劲儿地阻止我。

母亲一辈子爱美，爱唱爱跳，可是为了我们，她的那些好看的衣服只能放到柜子里，没有时间穿。为了我们，一次秧歌都没有扭成。每天都要忙她的没有边际的活儿："行啊，我就把这些衣服当我的寿衣穿，留着下辈子穿。"母亲总是这样安慰自己。

我知道，不光是指甲，母亲的身体里，流失了太多的营养，那些营养，都流进了我们的血液，使我们茁壮成长，母亲却日益衰老。

我捧过母亲的手，仔仔细细地打量起来。

被流年彻底淘空的母亲的手，苍老干瘪；

被岁月彻底洗劫过的母亲的手，沟壑丛生。

母亲的手指上没戴过戒指，一生都没有富贵的标记。

母亲的手指上更多的时候戴的是顶针，把针线从坚硬的鞋底穿过，反复穿梭，为我们做出一双双温暖的鞋子。此刻，我多么想用风尘仆仆的衣裳，把母亲的顶针，这全身上下唯一的饰品擦亮。

母亲的手常常会为我们破旧的衣服打上漂亮的补丁，缝补我们穷苦的童年；常常会为我们嗑一堆瓜子仁；会剥开岁月之橘，滋润我们生长的疼痛。

母亲的手，会穿过时间、穿过骨头抚摸我们。

母亲不识字，母亲的手指从没握过笔，可是母亲却把爱写满了我们的人生。

在冬天，母亲就是家里的火。在我最初的记忆中，灶火先是从母亲的掌心蹿出，先是舔热母亲清瘦的手指，然后才回到锅底。灶火,照耀着母亲年轻的面颊,直至衰老。柴火燃烧的声音,摇撼着充满风霜的日子,让我们的家园布满温馨与祥和。

织毛衣的时候,母亲的手仿佛被火焰缠绕,所有的温暖从母亲的手上传递过来。夏天,母亲的手拿着蒲扇,为我们驱赶闷热和蚊虫。母亲有风湿病,十根手指在雨天就变成了折磨她的魔鬼,钻心地疼痛。

母亲的手掌开始皴了,裂开一道道口子,可她擀出的饼依然那么薄,蒸出的馒头依然那么雪白,像我们日渐长大的身体。

母亲的十根手指,就这样渐渐风干为十捆柴火,驱散着我们一生的寒冷。

迟子建在她的散文《女人的手》中写道:"……女人在临终前比男人喜欢伸出手来,她们总想抓住什么。她们那时已经丧失了呼唤的能力,她们表达自己最后的心愿时便伸出了手。也许因为手是她们一生使用了最多的语言,于是她们把最后的激情留给了手来表达……我现在是这样一个女人,我用手来写作,也用它来洗衣、铺床、切蔬菜瓜果、包饺子、腌制小菜、刷马桶。如果我爱一个人,我会把双手陷在他的头发间,抚弄他的发丝。如果我年事已高很不幸地在临终前像大多数女人一样伸出了手,但愿我苍老的手能哆哆嗦嗦地握住我深爱的人的手。"

这双手让我想起母亲的手来,母亲不就是一直在用她那双勤劳的手托举着我们的幸福吗?我们的平安,我们的喜悦,都与母亲的手息息相关。

昨天晚上突然从睡梦中惊醒,睁着眼睛看着天花板,突然就听到一阵紧张的呼喊。我连忙起身,才发现是母亲。母亲在睡梦中呼唤着什么,她的双眉紧蹙,嘴唇不停地闭合。

我又吃惊又紧张地连忙跑到她的床边,握住她的手,过了一会儿,母亲平静下来。渐渐地,我也就拉着母亲的手指睡着了。想起小时候,每天都是这样拉着母亲的手指睡着的,那样的梦里只有温暖,没有恶狗和严寒。

天亮了,母亲收拾东西要走。我突然变得极其任性起来,我说:"妈,不许走,请您一定要在儿子家里过年。明天我领您去扭秧歌,去看二人转……"母亲拗不过我,只好答应下来。我怕母亲变卦,非要和母亲拉钩。

母亲明明含着眼泪,却是笑着向我伸过她苍老弯曲的手指,和我说,拉钩!

我钩住母亲的小指,这十捆柴火中最小的一捆,便足以温暖我的一生。

失眠的海

母亲有失眠的毛病,用了很多办法都不管用。这个毛病就像一只恶魔的手,肆虐在母亲睡梦的边缘,让母亲的每个夜晚,都变得惴惴不安。

看着母亲日渐老去,我的心痛亦是无法言说。我开始搜罗各种治疗失眠的偏方。今天打电话告诉她,要多吃小米粥,明天打电话告诉她,在粥里放些大枣……母亲答应着,按我的偏方去做了,依然不见效果。

那天早晨,我在母亲的枕头边上看到了一个盘子,里面装着一些细细的葱丝,我问母亲那是做什么用的,母亲说,难道你忘了吗?你和我说过的,这是治疗失眠的偏方啊。

母亲说,好像还挺管用的,最近几天睡得挺香。

我猛然记起,有一次我和母亲说过这样的话。可是我明明记得，我说的是姜丝而不是葱丝。

母亲听错了，可是她却那么相信她的儿子，她坚信，儿子讨得的偏方，一定可以治愈她的疾病。

母亲这些年要操心的事情太多：大哥喝醉酒打伤人，吃了官司，赔了人家很多钱。二哥离婚，人也下岗了，在她那里住着，靠出卖苦力维持生计。母亲每天天不亮就要起来给他做饭，她还一直惦记着给二哥再张罗一个媳妇，四处托人保媒。姐姐家刚刚出生的宝宝得了很奇怪的病，医生们用了各种办法也无济于事，刚来这个世界短短几天便撒手而去。我常常在外办案，更是让母亲放心不下，一颗心常常悬在嗓子眼儿上……我们成了母亲心中纠缠不断的结，令母亲在每个夜晚辗转反侧。

所有的这一切，使母亲得了这样一个毛病，夜夜失眠。

因为睡眠不足，母亲在白天的时候，常常坐在那里就耷拉着脑袋睡着了。我们看着电视，回头看时，母亲已经鼾声四起了。起初我们还会拿母亲开开玩笑，母亲也常常在我们的笑声里醒过来。一边笑一边责骂自己：怎么又睡着了，都成了瞌睡虫啦！

母亲越来越瘦弱，极度缺乏的睡眠抽走了她的健康。从那以后，我们再也不忍心唤醒坐着睡觉的母亲了。

如果这些只言片语可以穿起过往，我愿意，把自己揉碎，变成一个凛冽的词、一个停顿的逗点、一个起着承上启下作用的段落。可是，一个急刹车的句号，忽然断了我所有的念想——母亲，因为常常失眠导致了脑溢血，住进了医院。在病床上整整昏迷了十多天。

我们一边呼唤着母亲，一边在心里默念：这样也好，母亲，您终于可以睡一个安稳觉了。

那些天的梦里，总能梦见母亲离开了这个世界。总是忍不住啜泣，常常被自己的哭声惊醒。醒来后，发现一切都是虚幻的，确定母亲不曾离去，便有一种破涕为笑的冲动，但是伤感的心，一时半会儿缓不过劲儿来，身子依然抖着，像夏夜里被风鞭打的凤尾竹。

母亲被唤醒的时候，我们每个人的脸上都挂满了幸福的泪水。那种表达不出的爱和长年埋在心里的对母亲的依赖，原来是经不住一丁点儿分离的风吹草动啊。

从小到大，我们在睡觉时一个轻微的咳嗽，一次简单的翻身，都会引起母亲的注意，冬天会不时地给我们掖着被子，夏天会拿着蒲扇，不停地为我们驱赶蚊虫。我们放心地做着我们的美梦，不担心中途被打断。我们的睡眠总是最舒适的，因为母亲是我们那些美梦的守护者。

而母亲呢，一辈子很少睡过踏实安稳的觉。

母亲的心，是最浩瀚的海。大海无法入眠，因为她的心里装了太多的牵挂。

如果可以，请让大海安心地睡一觉吧！

雪花，我要带你回家

那是足可以覆盖我生命的一场美丽的雪。

在这之前，我是怨它的，因为它把我阻隔在遥远的城市，而这天正好是大年三十。

"如果再不通车，就不能回家和父母妻儿一起守夜，一起听新年的钟声了。"我心急如焚，不停地向站里的工作人员打听，可是广播里迟迟没有通车的消息。我无可奈何地望着窗外，禁不住生起雪花们的气来。在这之前，我是多么喜欢这些六角形的钥匙，它们曾经开启我封锁了整整一冬的心事。它们一路歌唱着洒下激情，争着抢着在大地上印下邮戳，它们是那样急不可耐地想让尘世的心都听见它们这些顽皮的小天使们在说：我来了！我来了！

无数或忧伤或快乐的碎屑组成洁白的世界，那么多那么多的雪花正在织一张巨大的幸福的地毯。如果不是它们阻挡了我回家的路，真想在上面打几个滚儿，再把灵魂抛进雪里美美地撒个欢儿。可是现在，它们却给我徒增了许多烦恼。

在候车室里，我看见两个衣衫褴褛的孩子，像是兄妹俩。妹妹躺在冰凉的长椅上，哥哥为她盖上一件破旧的大衣，然后变戏法一样地从兜里掏出一小截火腿肠和一个破了皮的茶蛋，在妹妹眼前得意地一晃说："快吃吧，吃了就不饿了。"

他看着妹妹狼吞虎咽地吃着，自己却不停地咽着口水。妹妹忽然哭了起来，问哥哥："妈妈说爸爸冷，去陪他了，天堂真的很冷吗？"

"不冷，不冷，爸爸妈妈现在在一起了，他们一定很快乐。"

"我想爸爸妈妈了！"

我的心紧缩了一下，这是两颗幼小的受了伤的心灵，我仿佛看见了他们滴着血的心。

哥哥拉起妹妹，跑到候车室外面的一块空地上，我看见哥哥用双手一点点地堆积着雪，妹妹在旁边拍着手笑。不一会儿，他们就堆出了两个大大的雪人。哥哥指着那个高高大大的雪人对妹妹说那是爸爸，又指着另一个说那是妈妈。

我感到一瓣雪花敷在了孩子的伤口上，为他们止痛，同时另一瓣雪花压在我的灵魂上，让我喘息不止。

"爸爸妈妈可以陪我们过年喽！"两个孩子欢呼着，围着两个雪人又蹦又跳。他们的小脸冻得又红又肿，可是依然舍不得离开。妹妹在"妈妈"的头上插了一朵情人们遗弃的玫瑰，哥哥给"爸爸"点了半截烟。他们快乐地守着"爸爸"和"妈妈"一起过年，忘记了饥饿和寒冷。

我的眼睛被泪水遮住，这眼前飘飞的哪里是什么雪花，铺下的哪里是什么幸福的地毯,这分明是谁把幸福撕碎了,洒满天空。孩子们却用这些疼痛的碎片堆出了他们心中幸福完整的世界:一个爸爸,一个妈妈。

我忍不住跑了过去,紧紧捂住他们红肿的小手。他们惶恐地望着我,使劲儿挣脱了双手,跑回了候车室。

我想我是吓着他们了。我跑进车站旁边的饭店,买了一只又肥又大的烤鸡,偷偷放到雪人的怀里。

不一会儿,两个孩子又来看"爸爸""妈妈"了,他们惊奇地发现了那个"新年礼物"。

"太好喽!爸爸妈妈给我们带好吃的来了!"他们高兴得手舞足蹈,幸福地啃起了鸡腿。

广播里终于传来了通车的消息,惹来人群中一片欢呼。透过车窗,仍能隐隐约约看见那两个孩子守着雪人做着美丽的梦。那梦中一定有妈妈的摇篮曲,有爸爸的故事,有漂亮的衣服,有数不清的玩具,有学校,有同学,有童话中的森林,有王子和公主的宫殿……

可是雪终究会化的,雪融化了该怎么办?孩子的梦醒了该怎么办?

火车已经徐徐开动了,可是我总觉得丢下了什么,仿佛一颗心没有带回来。我的前面是春天,可我的心却停留在身后的冬天里,怎么拽也拽不回来。既然我感知了他们内心世界的寒冷,我就有义务为他们带去春天,而不仅仅是一只烧鸡的怜悯。

"我要领他们回家!"我为自己突然做出的决定激动着。就在乘务员即将关上车门的刹那,我箭一样地飞出火车。乘务员一脸茫然，诧异地望着我，我仿佛是要给她一个解释，又仿佛是在跟自己的灵魂喃喃低语：我忘了带行李。

是啊，我真的差点儿将生命中最珍贵的行囊丢失！

穷人的屋檐，高过天堂

那是一个穷人的土坯房子，低矮、破旧，正值冬天，漫天大雪，让人担心它时刻会被雪压垮，被风吹倒。

屋子里，母亲和三个孩子紧紧拥在一起，父亲脱掉他宽大的棉袄，给他们披上。他自己在炉子旁边守着，一根一根地往炉膛里添加着柴火，让炉子始终保持着旺盛的燃烧状态，以抵挡窗外呼啸的北风。

父亲就那样守着炉子，他不能让它熄灭，天气太冷了，那是唯一的温暖。父亲提议说："咱们编歌唱吧。"孩子们一致响应，围着炉子兴奋地手舞足蹈起来，忘却了寒冷。

他们每编出一首歌词，父亲就用本子记下来。那个寒冷的冬天，总能听到破旧的屋子里传出来的歌声。

从此以后，编歌词成了他们的一种嗜好，乐此不疲。经过整理，已经有厚厚的一大本了。父亲突发奇想：我们把它编成集子出版怎么样？没想到一家人全同意了。母亲说，出书要很多钱呢，我们只能从牙缝里抠出钱来。

他们吃了一年的咸菜，省吃俭用，攒下了出书的钱。

父亲去城里联系出版社，在一个有钱的亲戚家三室一厅的房子里住了一宿。亲戚嘲弄他说，你们都穷成那样了，怎么还不肯现实一点儿呢？那钱留着做点儿买卖不好吗？他没有辩驳，沉默着。回来后，家人问他，那一宿住得是不是很舒服。父亲说："城里人虽然富有，但一家人住在三间分开的房子里。我们一家老小能相依为命地挤在一个屋檐下，每个晚上都能住在一起，我觉得我们更幸福。"

他们的集子终于出版了，捧着散发着墨香的书，他们激动得一夜没有合眼。

他们一起编了一首歌曲《种太阳》：

> 我有一个美丽的愿望
> 长大以后能播种太阳
> 播种一颗　一颗就够了
> 会结出许多的　许多的太阳
> 一颗送给　送给南极
> 一颗送给　送给北冰洋
> 一颗挂在　挂在冬天
> 一颗挂在晚上　挂在晚上
> 啦啦啦　种太阳
> 啦啦啦　种太阳
> 啦啦啦啦　啦啦啦啦　种太阳

到那个时候

世界每个角落

都会变得　都会变得温暖又明亮

我有一个美丽的愿望

长大以后能播种太阳

播种一颗　一颗就够了

会结出许多的　许多的太阳

一颗送给　送给南极

一颗送给　送给北冰洋

一颗挂在　挂在冬天

一颗挂在晚上　挂在晚上

啦啦啦　种太阳

啦啦啦　种太阳

啦啦啦啦　啦啦啦啦　种太阳

到那个时候

世界每个角落

都会变得　都会变得温暖又明亮

后来，作曲家徐沛东亲自为这首《种太阳》谱了曲，经过节目主持人鞠萍之口，传唱全国。

这，是我朋友的亲身经历，他说："我是那三个孩子中的一个。虽然我们在那个破旧的屋子里经历了那么多苦难，但我知道，有一种东西可以使穷人的屋檐，高过天堂。"

善良做芯，爱心当罩

父亲做灯笼的手艺远近闻名，但父亲从不以此为业，靠它来赚钱。许多人为父亲遗憾，嫌他浪费了这一身手艺。父亲却总是憨厚地笑着说：当玩了，闲着也是闲着。

逢年过节，很多人家都来求父亲做灯笼。自然不会白求，家境殷实些的，会给些闲钱。所以童年里，我们过年总会吃到很多好吃的，也有新衣服穿，放的鞭炮也多，和别人家的孩子比，我们要算是幸福的了。家境贫寒的穷人，会拿些粮食来求灯笼，他们宁可从嘴里省出来几升粮食，也要做个大红灯笼，图个喜庆。他们心中，有一个思想根深蒂固，他们把灯笼当成一种寄托，当成了好日子的火种。父亲一视同仁，不论穷人还是富人，一律应允，害得自己整个腊月都闲不下来，忙得昏天黑地。但望着一家家大红灯笼高高挂，父亲就会一边抽着旱烟，一边很满足地笑，把眼睛眯成了一条连小咬儿都钻不进去的缝儿。

父亲的灯笼完全是用竹子制成，而且用以编织的竹篾十分精细。这种呈椭圆形的灯笼被称为长命灯，也叫火葫芦或火蛋灯。灯笼通体由竹子制成，蕴含着吉祥的寓意。竹子四季常青，在民间寓意长命富贵。依照我们这里的民俗，逢年过节点亮竹制灯笼不仅增加喜庆的气氛，还可保一辈子不受穷。另有虔诚的人说，如果谁家媳妇婚后没有身孕，娘家妈便会在除夕夜偷偷将灯笼点亮悬挂在女儿卧房外。按照此法尝试，来年肯定能抱上胖小子。还有的人说，点上灯笼，可以使家里人都健健康康的，没病没灾。各种各样的说法，不一而足，但中心思想只有一个，都寄托着善良而美好的愿望。

点灯笼还有讲究，正月过完，一般要将灯笼燃尽。迷信的老人说把灯笼留到来年会对子孙不利，不过父亲不舍得将它烧掉，正月过后，将灯笼芯掏空，再用布将两端缝合，送给我当蝈蝈笼子。

做灯笼是个细致活儿，需经过片竹、削竹、编织、定型、上纸、写字、上油等烦琐的过程，每个过程都需要严谨地操作，只有在灯笼腰身裱糊上一圈红色的皱纹纸的时候，灯笼才有了灵魂。细密的纹路衬上红色，一份喜气便骤然附到灯笼身上，挥之不去。

父亲一丝不苟地编制着手中的灯笼，从不糊弄别人。他虔诚地认为，每个灯笼都是有灵魂的，只有认认真真地编制，每一尺每一寸都一丝不苟地完成，让每根竹条都规规矩矩、恰到好处地排好队，站好岗，灵魂才能在灯笼的身体里待得安稳。那些灯笼做好后，父亲的手上便落满疮疤，全都是让锋利的竹条划伤的。

邻居栓柱来求灯笼，拿来了半袋米。他挠着头，不好意思地对父亲说，因为带着阿爸去治病，过年才回来，没赶上定做灯笼。只想来碰碰运气,看父亲有没有多做出一个来。我们知道,栓柱家境贫寒,而且家里的老人病了很久,花了很多钱医治,吃了很多的药也不见效。

"我只想把灯笼高高地挂起来,没准那样阿爸的病很快就会好了。"栓柱充满期待地说,仿佛这灯笼真的成了救命良方。

父亲刚开始犹豫了一下,但听到栓柱这样说,便斩钉截铁地说道:"有,正好多一个。"父亲从里屋拿出一个又红又大的灯笼递给栓柱,"把这个拿回家挂上吧,希望它能灵验,让你阿爸的病早日好起来。"栓柱一个劲儿地道谢。父亲还撑出家门,硬是把那半袋米原封不动地塞给了栓柱。父亲心软,看不得别人的苦。"你们家条件不好,这个就拿回去吧。那个灯笼算我送给你们的。"

栓柱被父亲感动着,堂堂一个五尺汉子,在父亲面前直抹眼泪。

那是所有灯笼中做得最好的一个,那是我们留着自己挂的灯笼,可是父亲却白白将它送了人。我在心里和父亲赌气,嫌他把自己家的灯笼送给了别人。父亲却说,如果栓柱那个虔诚的愿望可以成真,那么我选这个最好的给他,自然就会更灵验一些。

那一年,我们家门外没有灯笼,但左邻右舍高高挂起的灯笼,那些被赋予了灵魂的灯笼,仿佛格外地惦记着制作它们的人,争先恐后地把光亮照过来,把我家的院子照得宛如白昼。人们不约而同地仰起了头,看着那些亮闪闪的被赋予了生命的家伙,用对生活最大的热情将一年的快乐都投射在灯笼上,仿佛看到了丰收的年景,看到了衣食无忧的将来,看到了一个个即将成真的美好愿望……父亲微微有些醉意,看着那些在风中飘荡的红红的灯笼,骄傲地说,总算没有白瞎了这身手艺。

现在我才懂得，父亲在编制那些灯笼的时候，把自己也做成了一盏灯笼，用善良做芯，用爱心当罩。这盏灯笼高挂在我的心里，一生都不会熄灭。

蚊子喜欢溜墙根

小时候，有一年夏天的雨水格外多，蚊子也跟着肆虐起来。不管把窗户遮得怎样严实，都挡不住它们钻进来。打死了这只，还有那只，它们就像是永远打不死的诡异的精灵，让人既厌恶又恐惧。比起蚊子来，就连最肮脏的苍蝇也变得可爱了。

它们总是在你睡眼蒙眬的时候开始"工作"。它的诗朗诵没有抑扬顿挫，只有"嗡嗡嗡"这一个音调。开灯，寻而不见。关灯，它又出来寻衅滋事。最可气的是，它好像专门喜欢叮咬你的手指或脚尖，让你奇痒无比，愤恨难平。以至于人们在拍打自己身上的蚊子时，总是使了很大的劲儿，哪怕拍出一道血印子，人们也会欢呼雀跃：又打死了一只吸血鬼！我自认为是个心善的人，看到地上一些小虫子都会绕着走，只有蚊子是个例外，我对它们恨之入骨。有时候活捉了一只，我故意摘除它们的羽翼，空留一支吸血管，看它还能怎样猖狂。

那时候没见过蚊香,即使有,父母也舍不得买。母亲就在睡觉前,发动我们用地毯式搜索的方法找蚊子,每次都能找到一二十只,一并歼灭。即便如此,半夜里还是能听见蚊子在耳边飞来飞去,肆无忌惮地朗诵它无病呻吟的诗歌。害得我们只好蒙着头睡觉。夏夜闷热,睡着之后,头和胳膊腿不自觉地又溜了出来,蚊子的美餐来了。脖子、耳根子、眼皮、手指、脚丫子……都是它们热衷玩耍的地方。我们可就惨了,整晚都能听见"咔嚓咔嚓"挠痒痒的声音。如果碰巧流星划过,你一定会许下此刻唯一的愿望:愿天下的蚊子统统灭绝了吧!

那些被诅咒充塞的夜晚,把童年的甜蜜给撕扯掉了不少。这该死的蚊子,真是十足的"万恶之首"。

蚊子影响着我们的生活,也影响了父亲和母亲之间的感情。

在我们看来,父亲是唯一不惧怕蚊子的,每天晚上,我们都会看见他光着膀子呼呼大睡,从不盖被子,好像是故意和蚊子较劲似的。母亲嫌父亲不会疼人,总是自顾自地睡大觉,从不为她和孩子们去消灭几只蚊子。刚结婚那几年,每天晚上睡觉前两个人都会给对方挠痒痒,不知从什么时候起,这个习惯没有了,取而代之的是父亲那一声紧似一声的鼾声,雷霆万钧般鼓噪着我们的耳膜。那鼾声越响,母亲的心就越往下沉,其实母亲也知道父亲累了,父亲是个车工,在车床前一站就是一天,很辛苦的。可是母亲总觉得自己被冷落了,一颗渐渐冷却的心,比被蚊子叮咬了还难受。

家里的炕头,不管冬夏,都被母亲牢牢地"霸占"着。可是这个夏天,父亲总是不由分说地和母亲抢那个炕头,他说他喜欢靠着墙睡觉。母亲心里更是不快,揶揄他,嫌他不够男人:"你看别人家的男人,哪个睡里面了?这就该是给女人留着的地方。"父亲不管母亲说什么,脱了上衣,倒头就睡。父亲喜欢每晚都喝点儿酒,大概是酒精的作用吧,父亲的睡眠一直很好,整晚鼾声不断,神经衰弱的母亲又嫉妒又厌烦。

终于,母亲忍受不了父亲的冷漠,使了性子,回娘家住了好几天。

憨厚的父亲却不知道自己做错了什么,每天下班都会跑到姥姥家给母亲赔一些莫名其妙的礼,道一些不明来由的歉。姥姥顺势把母亲骂了一顿:"这么憨厚老实的男人能怎么着你,你还有什么不知足的?"母亲就掉了泪,道出了她的委屈。

"冤枉死我了。"父亲说,"我知道自己有觉大的毛病,脑袋一沾枕头立马就会睡着。我也知道,今年的蚊子多,咬得你们睡不好觉。我寻思,反正我觉大,蚊子怎么咬,我都能睡着。我就干脆光着膀子不盖被,让蚊子来叮,它们吃饱了就不会再叮咬你们了。"

原来是这样,还真是错怪了他。母亲破涕为笑,转而又娇嗔道:"那你为啥抢我的炕头?"

"你真不知道啊?"父亲憨憨地说,"蚊子都喜欢溜墙根。"

霞光是太阳开出的花

一个春天,阳光普照、鸟啭莺啼、百花盛开,每一处都是让人流连的花园,但这一切,和一个人无关。因为她是一个看不见任何事物的女孩,从出生的那一刻开始,上帝就在她和世界之间,竖起了一扇重重的铁门。她在里面,阳光在外面。

她多想有一双机灵活泼的眼睛,闪烁着去捕捉一个个美好的镜头,然后拿到心头去冲洗、复印,再存放到人生的相簿里,慢慢回味。然而这一切,都只是永远无法实现的奢望。她没有看过一眼这个世界。

但是既然来到了这个世界,就不能总是背着身子哭泣。母亲说,虽然没有眼睛,但你还有一双手,可以触摸世界。

是的,她有一双美丽、修长的手。

母亲为她描述世界的样子,阳光、风、水、云朵、落叶……于是，她就把所有能触摸到的火热的事物，都称为阳光；把所有能触摸到的冰凉的事物，都称为水。当风从她的指缝间慢慢划过，她感受到了温柔的力量，她会沉醉，感叹世界的美好。

一只毛毛狗伏在她的脚下，她会说：哦，多可爱的云朵。

她握着厚厚的广告传单，说：这么多的落叶。

她微笑着，小心碰触着她的世界，缓缓地移动脚步。

人们说：这孩子的脸，像霞光一样灿烂。她便把霞光当成了世界上最美丽的事物，珍藏在心底。

她问母亲，霞光是什么？母亲说，是太阳开了花。

母亲领她去听一个音乐会，在那里，她喜欢上了钢琴。母亲领她去见一个钢琴教师，那位教师说，多好的一双手，天生就该用来抚摸琴键。

与钢琴的邂逅，为她的人生插上了精彩的翅膀。当她碰到琴键的刹那，便听到一些美妙的音符蹦跳着跑出来，那一跃一跃的跳动，忽高忽低，像她澎湃的心。

她惊讶地发现，整个世界都在琴键上呢。天空、海洋、更迭的四季，包括那令人神往的霞光。

母亲卖掉了大房子，新买来的小房子里，家徒四壁，空空荡荡，却多了一架钢琴。母亲把自己的生活拆得七零八落，却把一个充满爱的世界完整地搬到了她的面前。

邻居们找上门来，说嘈杂的琴声吵得他们无法休息。母亲不停地给邻居们赔不是，她的心开始动摇了，她不想因为自己混乱的琴声打扰了别人。

母亲说，上帝为每个人都安装了一颗灵魂，这颗灵魂分布在每个人身体的不同部位。你很特别,上帝把你的灵魂装到了指尖上,你的手指天生就是用来弹琴的。

母亲挨家挨户去解释,告诉他们,她是一个看不见光明的人,正在摸索着用琴声走路。邻居们的心便齐刷刷地都跟着软了。

她的琴声渐渐有了韵律,不再那样嘈杂,当美妙的琴声响起,所有的人都知道,她又在和世界说话了。

有一天,母亲兴奋地对她说,邻居们在小区广场搭了个台子,想请她开一个演奏会。她不敢相信这个事实。那一夜,她无法安睡。飘荡在眼前的,都是幸福的花瓣和快乐的羽毛。

坐在钢琴旁,她像一个天使,脸上霞光灿烂。她优雅地弹琴,用她美丽的指尖指挥着那些快乐的音符,那些蹦蹦跳跳的音符马上变成了动听的旋律,盘旋在人们的耳畔。她惊讶于自己的双手,如同附着了神奇的魔力一般,在琴键上流畅自如,上下翻飞。

她想,母亲说的或许是对的,上帝把她的灵魂放到了手指的末端。通过琴声,她向世界撒着大把大把的鲜花。人们不停地拍着手,潮水般的掌声将她摆渡到幸福的彼岸。

母亲终于哭了,她为孩子找回了她的世界:阳光普照、鸟啭莺啼、百花盛开……

母亲拿着毛巾去擦拭她脸上的汗水,她紧紧握住了母亲的手,她对母亲说,她终于看到了霞光。

她说,霞光是自己的心开了花。

约瑟夫的花园

　　孩子的离去让凯迪猝不及防。她不知道上帝为什么要那么残忍，刚刚带走她的丈夫，现在又把女儿也带走了。她每天的梦里都是丈夫在车轮下的惨叫，还有女儿无助的眼神。她仿佛掉进了一个无底的痛苦的黑洞，经历着人世间最痛苦的煎熬。

　　短短的时间里，凯迪苍老了，她的世界，只剩下黑白两种颜色。

　　每个人都是上帝掌心里的孩子，可是上帝喜怒无常，总是无端地发脾气，他翻一下手，亲人就掉下去了。凯迪每天都这样想，慨叹着这个充满变数的人世。

　　凯迪一直是信仰上帝的，可是现在，她恨他。她的虔诚却换来那么多的苦难。她扯下脖子上的十字形金项链，从今以后，她不打算再佩戴它了。

　　约瑟夫在花园里忙前忙后，玩得不亦乐乎。她心里想，到底是孩子啊，不懂得忧伤。现在，家里只剩下她和5岁的小儿子约瑟夫了，丈夫带走了女儿，她留下了儿子。好端端的一个家，被撕裂成两半。凯迪的记忆里始终是触目惊心的血。

凯迪承受不了亲人们猝然离去的悲伤，她变得小心谨慎，甚至有些神经质。她不让约瑟夫出去玩儿，她认为死亡就在他身边，无时无刻不在觊觎、威胁着每个人的生命。

让凯迪欣慰的是，约瑟夫很懂事。每天早上，小家伙很早就起床了，帮凯迪干这干那，尽管把活儿干得一塌糊涂，但总会让凯迪的心得到一丝宽慰，那颗心，也不再那么疼痛了。

巨大的悲痛弥漫在屋子里，让凯迪不堪重负。生命中有太多哀伤的碎片，但不能因为这些碎片，生活就停滞不前。生活总还是要继续的，终于，凯迪开始去尝试新的生活了。

经人介绍，凯迪和一个叫斯威夫特的男人约会了。那个男人在两年前死了妻子，也有一颗破碎的心。凯迪和他在一起聊天时，总会触动心中最柔软的部分，常常会泪流满面。

约瑟夫似乎不大喜欢斯威夫特，总是故意出他的丑。他们一起吃饭的时候，他会偷偷地把芥末油放到斯威夫特的饮料里，看到斯威夫特狼狈的样子，他会手舞足蹈。

你不喜欢妈妈和斯威夫特先生来往，是吗？凯迪问约瑟夫。约瑟夫点了点头。凯迪没有问为什么，便不再和斯威夫特先生来往了。她不想让约瑟夫不高兴，因为现在约瑟夫是她唯一的亲人。

只是，约瑟夫最近越来越喜欢恶作剧了，经常会当着凯迪的面，做些让人意想不到的事情，比如，把自己扮成各种各样的小丑，在凯迪面前扭来扭去。凯迪心烦的时候，也会对着他吼。可他照常我行我素，乐此不疲。

终于有一天，凯迪打了约瑟夫。因为他把整个院子挖了个遍，到处是坑，凯迪忍无可忍。

约瑟夫委屈地哭着，他说他用了那么多办法都无法让妈妈笑一下，就想到妈妈喜欢花，他想在院子里种上花，把整个院子变成一个大花园，等这些花都开了，妈妈的心情就能好起来了，就会笑了。

约瑟夫专注地做的那一切，都是为了能让凯迪笑一笑。

凯迪把约瑟夫紧紧搂在怀里，她知道她的新生活已经开始了，约瑟夫就是她新生命里的太阳。

凯迪终于会笑了，约瑟夫看到那盈盈的笑意在她眼角的皱纹里慢慢爬行，约瑟夫高兴地喊着，妈妈笑了，妈妈笑了。

凯迪笑了，为自己可爱的孩子。她笑了，给孩子带来了满世界的姹紫嫣红。

妈妈，你知道我为什么不喜欢斯威夫特先生吗？凯迪摇了摇头。因为他总是惹你掉眼泪。约瑟夫很认真地说。

天！仅仅因为这个。凯迪告诉约瑟夫，其实斯威夫特先生是个好人。

只要他能让你笑，我还是很乐意他来我们家的。是的，我保证。约瑟夫像个小大人似的对凯迪说，我替你约他吧。果然，他向凯迪要了斯威夫特先生的电话号码，他拿着电话郑重其事地说：斯威夫特先生，你能保证让我妈妈每天都微笑吗？如果可以，请马上过来和我们一起享用晚餐。逗得斯威夫特先生在电话那边差点儿笑岔了气。

凯迪从抽屉里拿出那个十字形的金项链，仔细地擦拭着，然后挂到胸前,闭上了眼。她想,尽管人世无常,但上帝总算给她留下了一个快乐的天使。就为这个,她原谅了上帝。

她对着世界笑了,世界为她开满鲜花。

时光不旧，只是落满尘灰

那时我20岁，却在经历人生的秋天，满目落红，遍地枯草，大有"晚景凄凉"的味道。在我自己看来，当时的日子甚至落魄得不如隔壁的那个孤寡老人。

他没有退休金，每日里靠捡拾垃圾艰难度日。喝酒算是他一天中唯一的一点儿乐趣吧。只有在他喝着小酒的时候，那院子里才有了点儿活人的气息。那个时候，我甚至能听到他哼着一些古老而神秘的曲调。

他的院子里堆着的都是捡来的没来得及去卖的破烂儿，就是这廉价的破烂儿，竟然也遭遇了盗贼。那个盗贼就是我。

高考落榜后，父母让我去工厂当学徒工，我不去，关起门来坚持写作，梦想有一天可以写出点儿名堂来。苍白无力的青春，空洞的辞藻，自然无法让我写出多少出彩的文章来。消极的我开始变得颓废，抽烟、酗酒、打架，"无恶不作"。邻居隔几天就上门来向父母告状，父母气急败坏，不再给我零花钱，任凭我"自生自灭"。我要写稿投稿，没钱买稿纸和邮票，只好打起了他的主意，因为我注意到，他那些垃圾里，有一些本子，是可以拿来用的。

他并没有太严厉地呵斥我，只是对我说："你不好好读书，来这破烂儿堆里翻个啥？破烂儿就是破烂儿，还能翻出什么稀罕玩意儿来？"说完他就往那堆破烂儿里一躺，和那堆破烂儿融为一体，好像要告诉我，那破烂儿是他的，也就他把那破烂儿当有用的东西吧。"嘿嘿，我也是个破烂儿。你来翻翻，看我口袋里有没有点儿值钱的东西。"

我的脸羞臊得通红，只好和他坦白，说我看中了他捡来的那些本子。

"不过话说回来，破烂儿也分两种，一种是完全没有用的，一种是还有一点儿利用价值的，比如我捡的这种，还是可以换回一点儿钱的。"那天他喝了酒，心情不错，没有向我发火。借着酒劲儿，还对我进行了一番教诲："人啊，不管多糟糕，哪怕你狼狈得像个垃圾一样，只要不自暴自弃，你也会是那可以回收利用的垃圾。相反，你若沉沦堕落，那么你就是把自己扔进了不可回收的垃圾箱。"

这几句掷地有声的话，一点儿不像一个捡破烂儿的老人说的，反倒像我的语文老师在课堂上给我讲的。

为了"惩罚"我，他说："去给我把窗玻璃擦了吧，很久没擦了，都看不清外面的东西了。"

我只好乖乖地去擦玻璃。玻璃擦干净了，晦暗的屋子一下子亮堂了起来。他心情很好，招呼我喝一口。我捏着鼻子喝了一口，辣得不行，直吐舌头，他倒是乐得前仰后合。

最后，他在自己拾来的垃圾里仔细挑拣，把那些能用的本子都给了我。

"该惩罚的也惩罚了，不过你既然帮我把玻璃擦得那么干净，也得奖励奖励，这些就奖励给你吧。"

我流着泪接过那一摞本子，脏兮兮、皱巴巴已近迟暮的本子，我却坚信自己可以在上面写出干干净净、青春靓丽的文字来。

一度以为，自己荒废了光阴，不可救药。但这个可敬的老人让我知道，时光还没有被我用旧，只是蒙上了一层灰尘而已。只要用心去擦一擦，那隐匿起来的时光随时都可以熠熠生辉。

第六辑　我唯一的翅膀在你那里

我成了山村里飞出的『金凤凰』,我真的会飞了,是父亲给了我坚强而自信的翅膀。

父亲,我唯一的翅膀在你那里。只有你,可以让我飞翔。

为一朵花披上袈裟

夏天快结束的时候,花朵们将演出推向了高潮。莺歌燕舞,月影凝香,一朵朵不甘心衰败的花儿,簇拥出一座花园的繁华。它们开得义无反顾,开得赴汤蹈火,全身心都燃烧起来,毫无一点儿节制。秋天随后就来了,一朵领头的花儿落下来。落下来的花儿,紧接着带走了其余那些不情愿的花儿。

绽放的时候,争先恐后;凋落的时候,恋恋不舍。落英缤纷,一地残骸,是每一年都在重复上演的剧情。顺了四季的愿吧,可是花朵说不,它们总是叹息,嫌花期太短。

欲望和虚荣就像那些喜欢攀比的花儿一样,倘若贪恋,毒瘾难除。

一日,一个高僧路过一片花田,那里生长着大片大片的鲜花,一朵一朵争相怒放,恣意地吐露芬芳。见此美景,高僧却摇摇头,不肯往前一步。

一朵修行已久的花儿见此,不禁有些疑惑,幻化成人形飘然落于高僧面前。

"你疾步来此,难道不是为了欣赏此地的景致吗?景致就在眼前,缘何又停止不前?"

"远观足矣。"

"不走近些怕是闻不到最浓烈的花香呢。"

"如果没有风将花香吹散,浓烈的花香围于一处,时间久了,便和粪臭无异。"

"你这和尚好生无礼,竟用此等污言秽语来形容我们。"花仙子显然发怒了。高僧却并不理会,接着问道:

"你认为自己最美丽的时候是何时?"

"当然是怒放的时候。"

"不,就像女人的掩口一笑最为动人一样,花开一半才最美。"

说罢,高僧脱下袈裟,披到花仙子身上,"只为着你自己,开一次吧。"袈裟蒙住了她的眼睛,使她看不到其他的花儿怒放的盛景。

许久之后,她再次睁开眼睛,其他的花儿都已枯萎凋零,唯有她,灿烂如初。

她顿有所悟:欲望太过强烈,开得越鲜艳,衰败得越猝然。

人和那些花儿一样,免不了受着欲望和虚荣的蛊惑。

人又是奇怪的。这个世界越是灯红酒绿,就越是孤独,越是忧伤。

人往往是因为爬得太高,才让自己的脚下变成了深渊。可是很少有人不往高处走,人的心如同一座神秘的高原,只要有路,可以一直走到天上。

三毛写过一首诗：

我不吃油腻的食物，我不过饱，这使我的身体清洁；
我不做不可及的梦，这使我睡眠安恬；
我不住豪华的居所，这使我衣食有余；
我不穿高跟鞋，这使我的步子更加悠闲；
我不赶时髦（"跟时装流行"），这使我的衣着永远长新……

三毛仿佛就是那朵因披了袈裟而开悟的花，不张扬，不炫耀，只为自己的心绽放自己的美丽。

听到这样的话，我想为杂草丛生的欲望剃一次光头。我想摒弃繁华，向内心聚敛芬芳。

"如何使一滴水永不干涸？"

"让它归入大海。"

"如何使一颗心永恒？"

"让它皈依自然。"

狱中的向日葵

墙高得挡住了风,挡住了季节,挡住了一颗向上生长的心。

一个晒太阳的囚犯,闪着光秃秃的脑袋,呆呆地注视着刚刚粉刷过的墙皮,好像在阅读一张旧广告,孜孜不倦。

洁白的墙上什么也没有,除了他茕茕孑立的身影。他却在孜孜不倦地读,似乎读出了整个世界。

囚犯每天出来放风的时候,都会呆呆地注视那面墙。士兵向监狱长报告,说他有轻生之念。在这之后的一段时间里,监狱长绞尽脑汁,想出各种各样的办法,试图打消囚犯轻生的念头。他请艺术家们来演出,请心理学家给他讲故事,他还精心伪造了一封已经与囚犯离了婚的妻子的来信,字里行间满是温柔,可这个小把戏最终被囚犯看出了破绽:"不知道谁在拿我寻开心,"囚犯说,"你看写信的这个日子。"监狱长看见信的落款写着"4月1日",不禁骂起自己的粗心来，怎么选了个"愚人节"写这封信？

就在监狱长一筹莫展的时候，情况发生了一些变化。在靠近墙根的地方长出一棵向日葵，那是高墙内唯一的一抹绿色。监狱长奇怪地发现，囚犯不再盯着那面墙看了，而是把目光转向了这棵向日葵。"这是最后的机会了。"监狱长忽然又看到了希望，他叫人把那棵向日葵用一个围栏围了起来。

向日葵一天天地长高，监狱长在囚犯的眼神中看到了一棵小的向日葵。

监狱长的心暂时平静了一些，现在他要做的，就是让人无论如何也要看护好那棵向日葵。

一天深夜，狂风伴着骤雨席卷而来，电线全被吹断了。在这之前，上级曾来电命令，严密看管狱中囚犯，以防他们越狱。果然不出所料，有着轻生之念的囚犯趁混乱之机，带上几根早已准备好的绳子，向墙外爬去。由于过于匆忙，绳子没有系牢，他重重地摔了下来，摔在一个人身上。

那个人是监狱长，他被砸得不轻。原来，他怕大风把那棵向日葵吹倒，怕骤雨将一颗向上生长的心浇灭，所以用身体护着那棵向日葵，碰巧将这个越狱逃跑的家伙逮了个正着。

"你护着这棵葵花干吗？"囚犯自认倒霉，他有些不解地问道。

"因为它给你带来过希望，不是吗？"监狱长说道，"迟早有一天，它会高过这面墙的。"

第二天，监狱长并没有向上级汇报囚犯越狱这件事，只是简简单单地汇报说，一切正常。

监狱长领着囚犯的孩子来看他，囚犯不敢相信一个犯人的孩子竟然有那么多人来关爱。监狱长自囚犯入狱那天起就把孩子接到了自己家里,并给了孩子无微不至的照顾。"你看,孩子期末考试考了双百呢!"囚犯握着试卷的双手在颤抖,一滴泪在纸上迅速洇开,形状竟像一朵张开笑脸的葵花。

向日葵又长高了,需要仰望了!

一天,监狱长拎了一瓶酒来找他,"庆祝一下",监狱长说,"向日葵终于高过那面墙了!早上我特意搭着梯子量过的。"

囚犯真正快乐起来了。向日葵长高了,他的心也一点点靠近了太阳。

监狱长在向日葵生长的地方刨出了一小块地,然后给监狱里的囚犯每人发了一粒葵花子。他让他们种下一个希望,让向日葵和他们的心一起生长,一起品咂快乐的滋味。

囚犯出狱的那天,监狱长在身后送他。监狱长身材既矮且胖,给人一种很敦实的感觉。可是阳光却将他的影子拉得很长,像一株顽强的植物,像那棵向日葵,高过墙的向日葵。囚犯冲着他长久地鞠了一躬。当他转身离开的时候,向日葵的影子却像穿了鞋子一般跟着他走,走进阳光中来,走到生活中去。

我唯一的翅膀在你那里

那一年我上高中,家里正是水深火热的时节。屋漏偏逢连阴雨,本来就家境贫寒,又遭遇了一场大冰雹,把地里所有的农作物都打成了残疾,这意味着一年的收成泡汤了。父亲在一夜之间灰白了头发,不仅仅是为了他的庄稼,也为了那个是否让我退学的难题。

无论如何,也不能让孩子中途退学。这是父亲对我和他自己的承诺。由于生活窘迫,我在学校里处处捉襟见肘,那点儿可怜的生活费我要精打细算到每一分每一角。在食堂吃最便宜的饭菜,而且每顿饭只能吃个半饱。即便如此,兜里的那点儿硬头货每月还是早早就"举手投降",向生活缴了枪。

同学们自发组织的一些活动我从不参加,"小气""抠门"是我的"死穴", 在他们攻击我的时候常常令我无还手之力。但我也有自己的骄傲,那就是我的学习成绩一直名列前茅,还有我的篮球技术，在学校里也是数一数二的，它可以让我一直挺直腰板，永不低头。

学校里要举行篮球赛，作为班级的主力，我是必须要上场的，可是摆在我面前的一个难题是，我要穿什么鞋子去比赛？我羡慕同学们脚上那一双双白得耀眼的运动鞋，有阿迪达斯的，有匹克的，如果能穿上那样一双鞋子在篮球场上飞奔，该是多么英姿飒爽啊！

可我只有两双布鞋，脚上的这一双和包里的那双新的，都是母亲亲手缝制的，虽说那是母亲一针一线缝制出来的，但我并未感到舒适过。因为它只能踩在家乡的山路上，一旦踏上城市那做了各种标记的马路，我的脚就像踩到了炭火上，格外难受。因为我看到人们看我时总是先盯着我的鞋子看，我看到他们的脚上穿的都是漂亮的鞋子，那个时候我是气馁的，一双鞋子出卖了我卑微的身份：一个穷酸的"土包子"。有一次父亲来，同学们喊我："你爸在校门口找你。"我问他们怎么知道是我父亲，他们说："因为他穿了和你一模一样的鞋。"接着是一大帮人肆无忌惮的笑，很坏的笑，能把人撕碎的笑。我看着脚下的鞋子，这贫穷和寒酸的象征，我恨不得一下子把它踢到南极去，让它再也不能回到我的脚下。

我决定向父亲要一双运动鞋。尽管我知道它很贵，尽管我一向都很懂事，很能体谅父母。那段时间，每当深夜来临，我只做一个梦：我穿着白得耀眼的运动鞋，在篮球场上飞奔。我不停地扣篮、扣篮，我像长了翅膀一样，我飞了起来！

那时我还不知道家里遭了灾，在电话里还不忘跟父亲幽默一把："老爸，您儿子山穷水尽啦！"父亲对家里的灾难只字未提，装作轻松地说："别急，老爸明儿个给你送钱去，让你柳暗花明。"

我没想到父亲会亲自把钱给我送来,往常都是直接通过邮局汇寄。我埋怨父亲糊涂,不会算账,这往返的路费要比那点儿汇费多很多呢。可父亲说他是搭别人的车过来的,没花钱。"那回去呢?"我还在为父亲的愚钝不依不饶,父亲却不恼,他一辈子都没有恼过,他憨笑着说,这不顺道还能看看你嘛!

梦终归是梦,现实还是把它打回了原形。当我向父亲提出要一双运动鞋的时候,他显得很尴尬,他说他没带闲钱来,他支支吾吾地说对不起。"只要你球打得好,同学们就会给你鼓掌的,谁会在乎你穿什么鞋子呢?"父亲自己都觉得这个安慰有些牵强,所以说的时候声音很小,仿佛自言自语一般。

我哭了,当着父亲的面。其实我完全能预料到这样的结果,父母是没有闲钱买这些奢侈品的。但我还是哭了,哭得很委屈。父亲站在那里,不停地搓着两只手,像个做了错事的孩子,显得手足无措。没和父亲说再见,我扭头就回学校去了。

运动鞋的梦想从此彻底破灭了。我想我不能在全校同学面前丢丑,不能让所有的人都因为我的那双布鞋而笑话我,我决定退出篮球队。老师找到我,要我解释为什么退出,我支支吾吾地说,我想抓紧时间学习。

其实他们哪里知道,我是多么想在篮球场上奔跑啊!

就在比赛的前一天,门卫打电话过来,说有人找我。我在校门口看到了父亲,他的手里拎着一双崭新的运动鞋,白得耀眼。我以为自己仍在梦中,直到父亲催促我穿上试试的时候,我才敢确定这是真的。尽管不是名牌,但足以令我爱不释手。它真漂亮,我愿意叫它"白色天使"。我忍不住问父亲,怎么舍得花钱买了它?

父亲说,那天离开学校之后,他就忍不住去了商场,打听那些运动鞋的价钱,准备回家取钱给我买。可是每一双鞋的价钱都让父亲倒吸一口凉气。在柜台前,他盯着那些好看的运动鞋看,其实是在看他儿子的心愿。正巧人家在搬货,嫌父亲挡道,就一个劲儿地往边上搡父亲。父亲是个经常干活儿的人,看不惯他们干活儿时的样子,像小孩子过家家一样。他忍不住替他们搬起货物来,以一当三。搬完后,老板非要给他些酬劳,他却不肯收。他说就帮了这么点儿忙,怎么好意思要钱呢?老板坚持要给他,他就指了指货架上的那双运动鞋,挠着头,不好意思地对老板说,俺给你干一星期活儿,换那双运动鞋行不行?老板犹豫了一下,但还是同意了。

那一个星期对父亲来说,是一种多苦的煎熬啊。出力倒没有什么,关键是吃饭和睡觉的问题难以解决。因为口袋里没有几个钱,父亲只好每天吃一顿饭,而且每顿饭只吃一个馒头。晚上没地方住,父亲只好到桥洞底下去对付,被蚊子咬得满身是包……

"就这样,鞋子到手了。"父亲不无得意地说着。我却再一次流下了眼泪。父亲慌了:"怎么了,不满意这个样式?我可以去给你换……"我一个劲儿地摇头,说满意。"都大小伙子了,别总掉眼泪。"父亲拍了一下我的肩膀,说要趁早往家赶,要不天黑前就到不了家了。一百多里路,父亲坚持要走着回去。

我急了,一把拽住父亲,问他那个商场在哪里,我要把鞋退掉,为父亲换一张回家的车票。父亲死活不肯,我抱着父亲说:"爸,相信我,没有这双鞋子,我一样可以堂堂正正地走路。"

那一刻,我感觉自己一下子就长大了,真正地长大了。

那场比赛，我穿着朴素的布鞋上场了。我不停地飞奔，不停地投篮，不断地把球投进篮筐，威力无比，势不可挡。仿佛长了翅膀一样，像是在飞翔。在飞奔的时候，我想到的是父亲；在投篮的时候，我想到的是父亲；我要让父亲知道，他的儿子是最棒的。

从此，我在学校里有了和乔丹一样的绰号：飞人。

从那以后，我更加勤奋地学习，终于在第二年的夏天，考取了梦寐以求的大学。我成了山村里飞出的"金凤凰"，我真的会飞了，是父亲给了我坚强而自信的翅膀。

父亲，我唯一的翅膀在你那里。只有你，可以让我飞翔。

向我挥手的那只蚂蚁

父亲,这个终生陪我走路的人,在光阴的面前瘦了、矮了。现在,我要把他的背影碾成墨,写出一份比海洋更深沉的思念。

小时候,因为住在山沟里,所以上学要走很长一段山路。父亲日复一日,送我上学。父亲没有太多的话,一路上只能听到他虎虎生风的脚步声。有一天父亲的脚崴了,他对我说:你都上五年级了,是男子汉的话就锻炼一下胆量。今天爸爸的脚崴了,你自己上学吧。我心里虽然害怕,可是不想让一家人嘲笑我,就一把抓起书包,豪情万丈地走出家门。走了没多远,就开始胆怯起来,尤其是走过那片茂密的丛林的时候,猫着腰,不敢发出声响,心也怦怦直跳,总觉得身后有个黑乎乎的东西一直跟着我。我不停地回头,真的看到了一个人影,正一瘸一拐地跟着我。我看清了,是父亲!我顿时昂首挺胸,一边走一边还故意哼起儿歌来。父亲以为我不知道他在身后,其实从那时起,我就知道了,这一辈子,那山一样的父爱会始终陪伴着我,如影随形。

高考落榜的那年冬天,外省的亲戚给父亲写信,说是为我找了份差事,让我去那边打工。送我走的时候,父亲一如往常那样,在身后默默地跟着。我劝父亲回去,因为我不想在车站看到和父亲分别的场面,我是一个眼窝子浅的人,我怕我的眼泪决堤。父亲执拗得很,说,帮你把行李拎到站里去吧,怪沉的。到了候车室,父亲从棉袄最里层的口袋里掏出一沓整整齐齐的零钱,一捆一捆的,我看见那些钱潮乎乎的,似乎在冒着热气儿。父亲让我把它们都带上,甚至没有给自己留一元钱的回程车费。"我走回去就行了。"父亲说,"也没多远。十多里的路,一眨眼就到家了。"

我非要让父亲带回去一些钱,父亲不肯。我和父亲撕扯着,谁也不肯妥协。我知道父亲的脾气,只好硬着心肠收下那些潮乎乎的钱。父亲忽然想到了什么似的,又把那些钱要了回去,对我说:"你等我一会儿,马上回来。"就看到他急急忙忙地钻进人群中。父亲在大街上左顾右盼,不懂交通规则,险些被一辆轿车撞到。那个司机大声地呵斥父亲,我看到父亲点头哈腰,对着人家满脸谦卑地赔不是。

火车快开了,父亲还没有回来,我很着急,却也有些庆幸。我想这下父亲可以把那些钱拿回去,也不用遭罪走着回去了。不想父亲一路跑着回来了,他跑起来的姿势很怪异,一瘸一拐的。我问他的脚怎么了,父亲一个劲儿地说:"没啥,就是崴了一下。"然后从兜里掏出一张崭新的百元票子和几张零钱,"我去储蓄所给你换了张整票,这样带着安全。这些零钱你也带着在路上花,别饿肚子。"

我的眼泪终于不争气地涌了出来,大冷的天,父亲却跑得大汗淋漓,只为了找个储蓄所给我"化零为整"。

火车徐徐开动,我看到父亲一直站在那里,父亲渐渐地小了,小成一只不停地向我挥着手的蚂蚁。

那不停地挥着手的蚂蚁,在我的心底沉淀着,慢慢沉淀成一滴墨。

我这一走就是好几年,回来的时候,父亲明显老了很多,背也微微地有些驼了。

记得在我更小的时候,父亲最爱举起我,把我放在粗粗的树干上,看我摇摇晃晃的样子,就咧着嘴大笑。父亲,是我的菩提树,呵护着我无忧无虑地长大。待我真的长大了,却经常不在他的身边,偶尔在周末陪陪他,他却说:"去吧,该干吗干吗去。累了,就回家。"然后就看见他拖着衰弱的身体,在黄昏里缓缓地踱来踱去。我的心不自觉地跟着悲凉起来,不敢想象,这个在站台上不停地向我挥手的蚂蚁,会不会有一天突然消失,像一滴墨水离开一张纸,让我的世界变成一片空白呢!

父亲的背影是萧瑟的,但就是这个微微颤抖的背影,包裹着我所有的幸福。冬天,我在父亲的背影里取暖;夏日,我在父亲的背影里乘凉。

一个慢慢远去的人,一个渐行渐远的背影,是我生命中的一滴墨,浓浓的,饱含深情。

蘸着它,能写出一首触及灵魂的诗;蘸着它,能绘出一幅浓墨重彩的画。

一块煤的热量

那个冬天很冷,世界仿佛都被冻僵了。

邻居是个租房客,一个离婚男人,带着儿子一起过。男人没有文化,只能扛着个大板锹去蹲站点卖苦力。

男人没钱买煤,只好上后山去砍柴烧。下了大雪,很难找到干柴,他就扛了些很粗的树根回来。因为柴火湿,冒了一屋子烟。满屋子只有炕头那巴掌大的地方是热的,孩子就坐在那巴掌大的地方,摆弄他最心爱的玩具。那些大小不一样的积木,都是别人不要的,他一个个积攒下来,他用这些大小不一样的积木搭了一个房子,他说要盖一个不用在屋子里戴帽子的很暖和的大房子。

母亲心软,总想找借口接济一下他们,可是男人从来不肯接受我们家的施舍。转眼到了年根,家家户户都忙着置办年货,男人照例每天都空着手回来。别人家的孩子已经开始零星地放鞭炮了,他的孩子却只能呆呆地听着别人的快乐在空中炸响，眼巴巴地看着别人的幸福在夜空绽放。男人看出孩子的心思，买回来一小串鞭炮，孩子蹦得老高。不舍得放，一个个拆下来，每天男人出门的时候放一个，他说给爸爸送行；男人回来再放一个，他说给爸爸接风。那些淘气的孩子经常嘲笑他，说他的炮像放屁。要个儿没个儿，要响儿没响儿。然后拿出他们的炮当着他的面放。这个时候，我的母亲就会跑出来把那帮孩子撵跑，心疼地搂着他，顺便往他的口袋里塞几颗糖果。孩子不舍得吃，说是要和爸爸一起吃。天气寒冷，母亲让孩子在我们家住下，孩子不肯，他说要回去给爸爸暖被窝，"爸爸一个人住，被窝里会很冷的。"

半夜的时候，父亲说，好像有人在偷我们家的煤。正要提着手电筒出去查看，被母亲一把拽了回来，说，让他烧点儿吧，一定是三九天，冷得受不了了，怪可怜的！

第二天，母亲果然看到煤堆上少了些煤块，但不是很明显，应该是很少的几块。男人经过的时候，就有了些不自在的感觉，匆匆打了声招呼就从母亲身边溜了过去。母亲叹了口气，把煤堆仔细翻了一遍，把一些不大不小的煤块都放到了上面，她想这样更适合他来"偷"。

果然，一连几个夜晚，男人都过来偷煤。本来我们一直住在东屋，母亲偏让我们搬到西屋来住，为此，父亲专门搭了一个炉子，把西屋烧得暖烘烘的。我们不明白为什么要这么做，母亲解释说，这样我们与隔壁的这堵墙就会是暖山，多少也会让那边少些寒气。

大年三十那天，男人拎着几个鸡蛋和几条窄窄的刀鱼回来了。那是他所有的年货，他说要给孩子做点儿好吃的。

三十晚上，我们拿出大串的鞭炮要"接神"，母亲把隔壁的孩子喊了出来，和我们一起放鞭炮。我和姐姐还把自己的"魔术弹"交到他的手里，让他举着放。孩子高兴极了。接完神，父亲对男人说，过来一起吃年夜饭吧，陪老哥喝几盅。拗不过父母的盛情相邀，男人和孩子终于过来了。不忘端着他做的那盘刀鱼。喝了些酒之后，男人就有些醉意，很不男人地流了眼泪，开始向我们忏悔他"偷煤"的行为。父亲说，冬天总是要烧些煤的，你那个屋子墙皮薄，只有煤的热量才能抵得住那些寒气。大人倒好说，总不能把孩子冻坏了。要烧煤就过来撮，这个冬天太冷，咱们一起挨，总会挨过去的。

一块煤到底有多少热量，男人心里清清楚楚。它们不仅温暖了一个冬天，还温暖了一颗僵硬的心。就像这刚刚喝下去的烈酒，在心底火烧火燎的，把整颗心都点着了。

一粒飞翔的扣子

他是单亲家庭中的孩子,父亲在他很小的时候就意外地去世了,母亲为了他,一直没有再嫁人,许多年来,靠着四处打零工,含辛茹苦地将他养大。

参加中考那年,他背着母亲,偷偷地报了中专。以他的成绩,考上重点高中是没有问题的,然后就可以去圆他梦寐以求的大学梦了。但为了能够早日参加工作,减轻母亲肩上的重担,他还是私自做了报考中专的决定。两个月后,通知书下来,他得偿所愿。

临开学的前一天,母亲领着他去商场,千挑百选地选中了一件在她看来又漂亮价钱又不算太贵的衣服。他是不大中意的,可是他似乎没有发表意见的权利,母亲问都不问他一下,就自作主张地买了下来。她坚信她给儿子买的这件衣服是天底下最漂亮的衣服,能让她的宝贝儿子成为天底下最帅的孩子。殊不知,在她儿子的学校里,那件衣服却是最土气的。同学们大声地嘲笑他"土包子",他便动了要换一套行头的念想。可他心里清楚得很,为了供他上学,母亲已经累得恨不得佝偻成一个句号了。可是少年的虚荣心还是占据了上风,最后,他咬咬牙,写了一封信:

"妈妈,新学校的环境很好,您别担心。我每天吃得好,睡得好,学习也刻苦。老师们都夸我学习用功呢。"

为了使母亲更相信他说的话,他还故意编造了一个小事件,他说他在跑步的时候不小心摔倒了,把上衣的一粒纽扣弄掉了,衣服也破了个很大的洞,"这件衣服看来是无法修补了,妈妈,请您给儿寄来两百块钱,我自己去买一件衣服。其他都好,勿念!"

没几天的工夫,汇款就到了,随着汇款一起到的,还有一封信。

"吾儿,身体没摔坏吧,有没有让校医好好检查一下?妈不在你身边,你要学会照顾自己。钱已汇去,你自己去买件衣服吧。另外,那件破了的衣服不要扔掉,你可以把扣子缝上,有破洞的地方也可以在里面缝补一下,那样你就可以两件衣服换着穿了。好了,不多说了,无论何时,都要以学业为主,不要为旁事分心。不要惦记妈,家里一切都好。"

他想,母亲真是个老古董,这么容易上当受骗呢!

他把信折好,准备放回信封里。可是当他拿起信封的时候,却从里面掉出来一粒扣子。他愣住了,心中有种说不出的滋味。其实,那样的扣子随处可见,可是母亲却千里迢迢为他寄来,因为母亲坚信,只有她的扣子才配得上她儿子的衣服。

再往外倒,竟然还有一根穿好了线的针。"慈母手中线,游子身上衣。"在这一刻,他感觉到这句古诗写得多么贴切!

那个信封竟然像有待开发的宝藏一样，层出不穷地变幻出惊讶和感动！

那粒扣子是灰色的，暗淡无光，可是却刺得他的眼睛生疼。他轻轻地捧起那枚扣子，仿佛捧起了母亲的心。

扣子在他的掌心，有节奏地跳动着。

他将它缝到了衣服的里层，和他的心紧紧地贴着。他时时刻刻能够感受到那粒扣子带给他的温暖。

他终究没舍得花掉那两百元钱，而是偷偷地攒了起来。他要留着它给母亲买一件漂亮的衣服，因为只有母亲，才配穿天底下最美丽的衣裳。

一粒飞翔的扣子，飞越千山万水，只为了给他，一个温暖的不带丝毫缺憾的怀抱。

一支钢笔的幸福

女儿放学回来,忧心忡忡地跟我说,她们班级里一个品学兼优的学生赵雪可能要辍学了。

唉,她学习比我好多了,人也好,我们都很喜欢她,怎么会这样!女儿不停地叹着气,为她感到惋惜。

女儿对我说,赵雪的父母两年前离了婚,她跟着父亲过。父亲下岗在家,染上赌瘾,把家底输空了,欠下一屁股债,还整天喝得醉醺醺的,喝多了就哭天抢地,满世界地抱怨或忏悔。她说下学期的学费还没有着落,她不想念书了,她要出去打工替父亲还赌债。

但愿她能打消这个念头。女儿喃喃低语。作为最要好的朋友,她希望赵雪的明天能够柳暗花明。

事与愿违。第二天,女儿担忧的事情果然发生了。

赵雪没去上学,托人捎了纸条给老师,说:"老师,对不起!

辜负了您的期望，没能在您的关爱里开花。"老师有些哽咽，她不想看到，一朵花的凋零。

作为最要好的朋友，赵雪在那个傍晚，来到我的家里，和女儿告别。

看着她哭得红肿的眼睛，女儿一时无措，不知道该怎样安慰她。

赵雪把她的钢笔送给了我的女儿，强挤出一丝笑容开玩笑说：这是一支可怜的钢笔，跟着我连墨水都不能灌满，总是饿着肚子。就让它跟着你吧，跟着你，钢笔也幸福了。

她说，钢笔的幸福，大概就是不让它饿着，及时地为它灌满墨水，让它写出干干净净的字来吧。

女儿怔怔地愣在那里，她忘不掉那个哭泣着跑掉的背影。

女儿把那支钢笔握在手里，感觉沉甸甸的。她打开作业本，准备用它来做作业，才发现它的肚子被涮得干干净净。她挤了一下，有干净的水珠滴落下来，洇湿了洁白的纸，仿佛一滴泪水。

女儿赶紧给它灌满墨水，她只想用浓浓的墨汁掩盖它的眼泪。

女儿收藏起那支钢笔，她想赵雪总有一天会重新回到教室，她要把它还给她。

女儿开始了她的"救援计划"。她先是发动所有的同学，一起帮赵雪"打工"，说是打工，其实就是帮父母做些家务，在家长那里讨些零钱。积少成多，同学们很快凑齐了赵雪下学期的学费。紧接着，女儿带着同学们来到赵雪家，像一帮小干部慰问群众似的，和赵雪的爸爸——老赵大谈利害关系，老赵支支吾吾地表示，保证让赵雪回到学校去。

老师也没闲着，帮赵雪的父亲找了一份工作，替他交了风险抵押金。

你可要好好干啊，不然我的押金就拿不回来了。老师说。嗯嗯嗯，老赵搓着手，激动得不知所措，只是一个劲儿地躬身道谢。

轮到我们了。这种事，女儿是断然不会放过我这个"慈善家"的。果然，她今天变得格外乖巧，把家里收拾得井井有条，还破天荒地为我和她妈妈煲了粥。太阳打西边出来了吧！我早就看穿了她的小把戏，就等着她摊牌呢。

爸爸，你说赵雪怎么样？

什么怎么样，挺好的孩子啊。

我是说，人家没少帮助我，每次我遇到不会的题，她都会给我讲解。

嗯，是个好孩子。我打着哈哈，故意不接她的话茬。

可是她现在有难处了，咱们能不能……

我接了个电话，借故走掉了。看着她的窘态，心里窃笑。

夜里，我和妻子商量怎样资助那个孩子。

总不能眼看着那么出色的孩子就那样耽误了，妻子说，不如我们每个月拿出100块，为那个孩子建个小基金吧。自私点儿说，那孩子将来肯定错不了，咱也能得到回报呢！精明的妻子想得还挺远，管她呢，先解决了眼前的事情再说。

我们把这个决定告诉了女儿，女儿高兴得眼里噙满了泪水。她喃喃地说，我还以为你们不肯帮她呢。

钢笔饿了，就得给它灌墨水啊！我们和女儿会意地笑了起来。

赵雪终于回到了课堂。开家长会的时候，赵雪的父亲红着脸，当着全班师生和所有家长的面,郑重地承诺,无论如何,也不会再让孩子辍学。接着又开始了他声泪俱下的忏悔,只是这一次,他没有喝酒。

女儿把灌满了墨水的钢笔还给赵雪,悄悄告诉她,她的钢笔不会再挨饿了,她的钢笔一定会很幸福、很幸福。

依 靠

父亲前列腺增生做了手术,住院的时候,我们几个儿女轮番陪护,母亲每天都要来,她身体不好,每次来都很费劲儿。来了之后,也不和父亲说什么,就那么长时间地坐在父亲的病床上,偶尔困了,还会打起盹来。

妻子看她来了也是遭罪,不让她来,她却早早就把自己收拾妥当,非来不可。妻子不理解,我说,父母一辈子都没分开过,他们可以一整天一句话都不说,但必须能够感受到彼此的呼吸。

这就是相互依靠。

这是他们一生的习惯了:一个烧火,一个做饭。

我们吃的每一顿饭几乎都是父母合作完成的。

有一次,父亲因为去别人家里帮工,没有帮母亲烧火,结果母亲做出的饭就煳了。

还有一次,母亲不在家,父亲笨手笨脚地一边烧火一边为我们做饭,结果忙得满头大汗,饭却做得一塌糊涂。

当屋子里没有飘出食物的香味,我知道,父母不在家。

当屋子里重新有了食物的香味,我知道,父母回来了。我迷恋上屋子里弥漫着的食物的香味,那样会让我的心感到踏实。

每次母亲做饭,父亲都会在灶膛边蹲下来,一根一根地往灶膛里添柴火。火光映到父亲的脸上,父亲的脸像镀了一层灿烂的霞光。他们有一句没一句地唠着家常,张家长李家短,平淡的对话串成一个个简单的日子。

父亲烧火,母亲做饭,这就是他们质朴的爱情,简单的幸福。

这就是相依为命。

赵伯又上路了,风雨无阻。跟在他那疯疯癫癫的婆娘后面,丈量着贫苦琐碎的日光流年。他不知道他这辈子会跟着她走多久,他只知道,他必须跟在她身后,做她的一把伞,一根拐杖,或者是一片荫凉。

是从他们的儿子在矿难中丧生开始的,阿婆变得疯疯癫癫。开始到处游走,走到哪里,都要问,看到俺儿子了吗?

阿婆见到什么都想买,赵伯只好当面给她买下,回头又和卖主赔着笑脸,把东西退回去。很多时候是退不掉的,所以,总能在大街上看到这样的景象:阿婆在前边兴奋异常,引吭高歌,而赵伯跟在后面,拎着大袋小袋,汗流浃背。

阿婆在夏天也会围着头巾,穿着厚厚的呢子大衣。令人奇怪的是，看不到阿婆流汗。倒是跟在后面的赵伯，穿着个背心还大汗淋漓，仿佛天上的太阳故意为难他，往他的身上多拨了几朵光焰似的。

每次见到他们，我都会远远地打招呼。阿婆照例是那句永不变更的话：看到俺儿子了吗？赵伯则憨憨地对我笑笑，不说什么，脸上亦看不出悲苦。

终于，有一次我忍不住劝赵伯，不如送阿婆去精神病院吧，你也好歇歇。赵伯摇摇头说，不妥，现在这样很好啊，我一点儿不觉得累。在家窝着也是一天，在外溜达也是一天，还能呼吸到野外的新鲜空气，看看没有被污染的云彩，顺便欣赏欣赏山里的风景……一辈子没陪阿婆郊游过的赵伯，把这些当成是对阿婆的补偿。

我看到赵伯握着一束山花，那灿烂的花，握在他苍老的手心里，显得有些不伦不类，却又那么鲜艳。

后来的一个早晨，我看到赵伯心急火燎地走着，手上拎着一袋子新买的棉花。我问他怎么没见到阿婆。他说阿婆快不行了，看来这次真的要走了。他买了很多棉花，他说阿婆一辈子都怕冷，要给她做件厚厚的棉衣。

"走吧，让她能够暖暖和和地上路。"赵伯说这话的时候，脸上依旧没有悲苦的神色，只有淡定、从容，仿佛前来引领阿婆的不是死神，而是幸福。

赵伯就这样陪着阿婆，慢慢把苦难的人生走完。

这就是相濡以沫。

邻居一对老两口几乎同时去世，前后相差不到5分钟。

那是发生在我身边的两个残疾人的真实故事：

他是一个孤儿，或许是因为他的残疾，父母将他遗弃，或许有别的原因，反正他不知道父母在哪里，也不知道自己姓什么叫什么。有人问起，他就干脆说自己叫"吴名"。从懂事的时候开始，他就与垃圾为伍了。每日里在一个个垃圾箱里翻来翻去，捡拾些可以卖钱的东西，艰难度日。15岁的时候，他在一个垃圾箱旁，看到一个十来岁的女娃，在那里翻垃圾吃。他有些心疼，就带她回到了他自己的小窝棚里。从此，他就像对待亲妹妹一样地照顾她。

女娃有点儿轻微的智障，而他瘸腿，这两个被苦难腌制的生命，从此谁也离不开谁。

如果捡到了一点儿好东西，比如别人吃剩的半截火腿肠或者破碎的茶蛋什么的，他都舍不得吃，给她留着。她也是，捡到了好东西也给他留着。有一次，她在另一个垃圾箱里捡到了半瓶酒，她兴奋地跑过来，递给他。那是他生平第一次闻到酒的味道，很难闻，他不明白很多男人为什么喜欢喝酒。他尝试着将它们喝了下去，结果醉得不省人事，她费了好大的劲儿才把他拖回家去。

女娃一天天长大了，到了谈婚论嫁的年龄，没想到，她哪儿也不去，就认准了他。她说要嫁也是嫁给他。就这样，他们结婚了。

靠着捡垃圾，他们竟然一点点盖起了房子，虽然很简陋，但毕竟有了一个属于自己的窝。他们有了自己的孩子，孩子是健康的，他们依旧靠着捡垃圾供孩子念完了大学，参加了工作。苦了一辈子，到了该享福的时候，两个人却一起离开了人世。

他们一辈子形影不离，哪怕是死，仿佛都约定好了一样。

这就是生死相依。

优人一等的心

优人一等的心,是什么样子?

我家门前有一个剧院,常常会有一些二人转的演出。那欢快的曲调常常在傍晚时分响起,整个上半夜的时光就都跟着颠跟着颤了。演出门票分三个等级,最低也要三十元一张。但这丝毫没有阻碍来看二人转的人们,剧院里常常是人满为患。

邻居张大爷是个二人转迷,一辈子就好这一口儿,可是家里的经济条件不好,根本没有闲钱让他去剧院里过瘾。这位爷自有他的高招,傍晚时分背着自家的藤椅,往剧院门口的大喇叭旁一放,美美地躺进去,摇着扇子,在暖暖的风里摇头晃脑地听起来,那叫一个美啊!

剧院的人精明得很,并没有驱逐他,因为他那无比享受的神情,也算是给剧院做了免费的活广告。两下成全,相安无事,各得其所。

时间长了,张大爷便成了剧院门前的一景。那轻轻摇着的扇子,定是在他的心间扇出了最惬意的风。

这便是优人一等的心。

剧作家沙叶新曾经有过一个鲜为人知的笔名"少十斤",不细心的人不明就里,仔细看,原来是将他的名字劈成了两半。沙叶新自己开玩笑说:"将'沙叶新'砍去一半,也不过'少十斤',可见沙叶新无足轻重,一共才二十斤。"

胃癌手术后,有记者采访他,他照例幽默不断:"因为癌症,我的胃被切除了四分之三,我已是'无胃(畏)'的人了,你想知道什么,随便问吧。"

这是一颗多么豁达而轻松的灵魂。把自己看得很轻,人才会松快。

沙叶新是出了名的犟脾气,向来都是不媚时、不曲学阿世,在任何环境下,都能做到不降志、不辱身、不赶时髦、不回避危险。有人评价沙叶新,说他是"不为权力写作的老戏骨",他也确实是个秉承文人风骨的人,不做权力的吹鼓手,坚持自我思考,独立书写,绝不出卖灵魂。

这便是优人一等的心。

妻子喜欢捡垃圾,每次一家人出去吃饭回来,挺贵重的皮包里总是装着捡来的矿泉水瓶子。我觉得丢人,更让我不能理解和接受的是,孩子竟然也学会捡垃圾了,楼下谁家丢的衣物妻子也都捡回来，破烂的缝补了，脏的洗了，导致阳台上总是堆得满满的，像十足的垃圾场。我觉得妻子带坏了孩子，让孩子变得小家子气，缺少了贵族气质，为此不止一次地和她争吵。直到后来我才知道，妻子每次卖了旧物都会带孩子去看一个没钱读书的孩子，他是妻子和女儿一起在帮助的孤儿。我无比惭愧，妻子这样是带坏孩子了吗？她这样做，只会让孩子的心，一点一点更靠近阳光。

这便是优人一等的心。

毕淑敏说，优等的心，不必华丽，但必须坚固。

优人一等的心，不是你有多富贵，不是你有多霸气，而是比庸常多了一份优雅，比操切多了一份从容，比冷漠多了一份慈悲。

那一团瑟瑟发抖的暖

有人说,这辈子在你身边陪伴过你的任何事物,哪怕是一只小狗小猫,哪怕是一盆花,也证明它们和你是有缘分的,说不定,在前世,它们就是你最爱的人。

是的,我珍惜陪伴在我身边的每一样小东西,它们是暖的,尽管那暖,很微弱。

一个冷冷的雨夜,一只流浪猫贴着我的窗子,可怜兮兮地望着我,它在寻求一丝温暖。我打开窗子放它进来,它的身上散发出腥臊的气味,很是难闻。我给它好好洗了个澡,才得以焕发了最本真的活力。

猫从我的后背开始向上攀爬,一直爬到我的肩头,然后安安静静地贴在我的耳边,一动不动,仿佛纯天然的毛围脖。我想,这肯定是一只太缺少关爱的猫,它用这样暧昧的讨好方式让我留下它,我又怎么忍心将它赶出去呢?

第二天,在仓库里,我竟然看见它捕捉到了一只硕大的老鼠。我想,以它那瘦弱的身躯,在捕抓那个强壮的老鼠的时候,肯定费了很大的力气。它的皮毛被老鼠咬掉了好几撮,看上去有些疲惫不堪。它一边不停地舔舐着伤口,一边"喵喵"地叫着,似乎在向我炫耀它的本领和功劳。这种孤注一掷的冒险,我猜想它肯定不完全是在逞强,它一定是在报恩吧。它或许只是想为我做点儿什么。

大概因为猫有九条命的缘故吧,它记得住太多前世今生的故事。所以,猫的眼睛,总是比别的动物要深邃,仿佛藏着深不见底的秘密,又仿佛对一切都了然,智者般洞若观火。

它最终还是与我不辞而别了,或许是找到了以前的主人,或许是发生了什么意外,不得而知。我只记得,它第一天来的那一晚,就睡在我的被窝里,像一个抽泣着的撒娇的小孩。我的脚底下,盘着一团瑟瑟发抖的暖。

我暖着它,它又何尝不在暖着我?

很多年前,在粮库工作的时候,我曾捡到一只吃了老鼠药的奄奄一息的鸽子。它在我的怀里瑟瑟发抖,用哀伤的眼神看着我。我给它不停地灌水,或许是老鼠药被雨淋得失去了药效,它竟然奇迹般地被我救活了。

在我的屋檐上,它重新抖擞起精神来。我喜欢把粮食放在手掌上喂它,它轻轻地啄,似乎怕啄疼我。吃饱了,就飞到我的肩膀上,在我耳边咕咕地叫着。我听不懂它说什么,但我知道,那肯定是一些好听的话。纯白的鸽子,像一团雪,不禁让我杞人忧天般地担心，它会被阳光融化。

它不但没有融化，还陆陆续续地引回来一大群野鸽子，我的屋檐从来没有这般生机盎然过。

倒是我，被这一团团、一簇簇的暖给融化了。一颗心，变得柔软，变得慵懒，再不愿去追名逐利，只想安安静静地享受阳光，享受明月，享受清风。

妻子从垃圾箱里随手捡回来的一根鸭掌木，在顽强地存活了一个月之后，终于衰败凋零。我感动于它临终前的这一次"回光返照"，它拼尽全力让自己在短时间内枝繁叶茂起来，这也是为了感恩吧，我愿意这样去揣测一棵树的心。

妻子刚把它拿回来的时候，它不过是一根光秃秃的棍子，那一层饱经沧桑的老皮，犹如老人皱裂的手臂。我开玩笑说："这是谁家老头儿的拐杖吧！"

妻子却执意说它还没死："你看这树根儿，还有很多须子在呢，证明它还活着。"

我仔细看过去，的确，很多细小的根须，如同不忍离别的触手，紧紧攀附着生命的主体。

妻子细心地把它移植到一个大花盆里，精心照料，它竟然真的"起死回生"了！几乎是一天一个小巴掌，慢慢地，那干巴巴的树干上就有无数个小巴掌了，在微风中轻轻鼓掌，似乎在欢庆自己复苏的生命。

我相信，万物有灵。这棵行将死去的枯木，本已垂垂老矣，可是竟然使劲儿地让自己衰败的身体，奇迹般地焕发了青春。那是对我们善念的回报啊!

那颤巍巍地冒出来的几点翠绿,仿佛一团瑟瑟发抖的暖。借着这微弱的一团暖意,多冷的冬天我都不再畏惧。

蓝是月亮追求的优雅

以前,总是喜欢在夜里打开窗子,看一会儿月亮。那时候看月亮,清湛湛的,水灵灵的,仿佛随时可以滴出水来。可是现在不知道为什么,看到的月亮总是灰色的。是天空不再那么洁净了吧,是被烟火熏染、被世俗浸泡的心不再纯粹了吧,又或者,是我的眼睛蒙了一层灰尘吧。我滴了几滴眼药水,努力眨巴眨巴眼睛,依旧无法把月亮从浑浊里捞出来。

直到,听了妻子和女儿极富诗意的一次对话,我眼里的月亮才变回了最初的蓝。

"妈妈,今晚怎么没有月亮啊?"

"月亮躲到井里洗澡去了。"

"它为什么要洗澡?难道她一直都很脏吗?"

"不,因为它要让自己变得更蓝。"

"为什么要变得更蓝？"

"因为蓝是月亮一直在追求的优雅。"

女儿沉默了一会儿，她一定是被"优雅"这个词给绊住了。

"可是，为什么我看到的月亮不那么蓝？"（这正是我想问的）

"那是因为你的眼睛还擦得不够亮！"（令我醍醐灌顶的一句）

女儿似懂非懂地慢慢睡去，月光从乌云里溜了出来，透过窗帘的缝隙，慢慢浮上她的脸。女儿似乎感觉到了月光的痒，在睡梦里伸着小手去捉。

妻子轻轻地将她放下，为她盖好被子，慢慢俯下身，亲吻女儿的额头，那样轻，猫一般蹑手蹑脚，仿佛怕惊跑了月光。

我问她为何不把窗帘拉严实，她说："留个缝儿吧，让月光照进来，你看月光多美，女儿一定会喜欢的。"

是的，她会喜欢的。在如诗如画的月光里，女儿会看到很多美好的东西。她会看到梅花鹿，听到它轻快的蹄子敲击出的乐章；会看到一颗颗小蘑菇，争相从地里冒出来，好奇地张望这个世界；会看到静静的湖泊和水面上漂着的写满祝福的小纸船；会看到微风中轻轻晃动的灯笼，把黑暗赶得远远的……

那一刻，我相信，月光不仅映在女儿的脸上，也定会滑进女儿的心里。"就算你拉上窗帘，月亮也不会消失。"我笑着对穿着蓝色睡衣的妻子说："你也是一轮月亮，看，你多么蓝！"

在妻子身上，我感觉到，慈爱，会让一个人变得如此优雅！

那一夜，我梦见一个小仙女，蓝色的精灵。她问我："喜欢月亮吗？"我说："喜欢，但是它还有点儿不够蓝呢。"小仙女就捣碎了手中的蓝浆果，用力去涂。我觉得小仙女一派天真，很是可爱，就问她:"你要涂多久才能把它涂得更蓝啊?"

"直到你爱上这个世界。"她说。